KB053835

소설처럼

소설처럼

다니엘 페나크
이정임 옮김

▲

문학과지성사

옮긴이 이정임

연세대학교 불어불문학과와 같은 과 대학원을 졸업하고, 프랑스 파리
4대학에서 현대 프랑스 소설로 박사과정을 수료했다. 옮긴 책으로『중학
교 1학년』『시루스 박사 3~6』『밀레』『0에서 10까지 사랑의 편지』등이
있다.

문지 스펙트럼 세계 문학

소설처럼

제1판 제 1쇄   2004년 4월 20일
제1판 제20쇄   2018년 5월 15일
제2판 제 1쇄   2018년 11월 5일
제2판 제 7쇄   2023년 10월 31일

지은이   다니엘 페나크
옮긴이   이정임
펴낸이   이광호
주간   이근혜
편집   박지현 김가영
펴낸곳   ㈜**문학과지성사**
등록번호   제1993-000098호
주소   04034 서울 마포구 잔다리로7길 18 (서교동 377-20)
전화   02) 338-7224
팩스   02) 323-4180(편집)   02) 338-7221(영업)
전자우편   moonji@moonji.com
홈페이지   www.moonji.com

ISBN 978-89-320-3501-7 03860

이 도서의 국립중앙도서관 출판예정도서목록(CIP)은 서지정보유통지원시스템 홈페이지
(http://seoji.nl.go.kr)와 국가자료공동목록시스템(http://www.nl.go.kr/kolisnet)에서
이용하실 수 있습니다.(CIP제어번호: CIP2018033912)

차례

소설을 즐겨 읽던 위대한 몽상가
프랭클린 리스트에게

나의 아버지와,
프랭크 블리그의 일상을 추억하며

부디 이 책을 강압적인 교육의
수단으로 삼지는 말았으면 합니다.

D. P.

일러두기

1. 이 책은 Daniel Pennac의 *Comme un Roman*(Éditions Gallimard, 1992)을 우리말로 옮긴 것이다.
2. 인명, 지명 등 고유명사의 외래어 표기는 국립국어원 외래어 표기법에 따랐다.
3. 원서에서 강조하기 위해 이탤릭체로 표기한 것을 이 책에서는 볼드체로 표기했다.
4. 이 책의 각주는 모두 옮긴이 주이다.

연금술사의 탄생

1

'읽다'라는 동사에는 명령형이 먹혀들지 않는다. 이를테면 '사랑하다'라든가 '꿈꾸다' 같은 동사처럼, '읽다'는 명령형으로 쓰면 거부 반응을 일으키는 것이다.

물론 줄기차게 시도해볼 수는 있다. "사랑해라!" "꿈을 가져라!"라든가, "책 좀 읽어라, 제발!" "너, 이 자식, 책 읽으라고 했잖아!"라고.

"네 방에 들어가서 책 좀 읽어!"

효과는?

전혀 없다.

아이는 책에 코를 박은 채 졸고 있다. 문득 아이 앞으로, 동경하던 무언가를 향해 창이 활짝 열리는 것만 같다. 그 열린 틈 사이로 아이는 날아간다. 오로지 책에서 벗어나려는 일념으로. 하지만 아이는 졸면서도 긴장을 늦추지 않는다. 여전히 책은 아이 앞에 그대로 펼쳐져 있다. 방문을 열고 들여다보면, 아이는 책상 앞에 앉아 얌전히 책을 읽고 있을 것이다. 아무리 소리 나지 않게 살금살금 다가가 방문을 연다 해도, 아이는 잠결에도 진작에 우리의 기척을 들었을 터이므로.

"그래, 재미있니?"

아이는 결코 "아니"라고 대꾸하지 않는다. 그건 신성모독의 불경죄가 될 것이므로. 신성하기 그지없는 책을 어떻게 감히 읽기 싫다고 실토할 수 있겠는가? 기껏해야 묘사가 너무 장황하다고 투덜대는 정도일 것이다.

우리는 마음이 놓여 다시 텔레비전 앞에 가 앉는다. 어쩌면 착잡한 마음에 우리 어른들끼리 열띤 논쟁을 벌일지도 모를 일이다.

"하긴 아이 말도 일리가 있어요. 이런 시청각 시대에, 온갖 것을 시시콜콜 묘사하는 19세기 소설이 장황하게 느껴질 수밖에……"

"그렇다고 해서 그게 책을 경중경중 건너뛰며 읽어도 된다는 핑곗거리가 될 수야 없지!"

"……"

그러나 굳이 골머리를 썩일 필요가 없다. 아이는 다시 잠이 들었을 테니까.

2

집안 환경도, 시대며 세대의 풍조도, 오히려 독서를 극구 말리는 듯한 분위기에서 자라온 우리로서는, 독서를 기피한다는 건 상상조차 할 수 없었다.

"그만 좀 읽어라, 눈 나빠질라!"

"날씨가 이렇게 좋은데, 차라리 나가 놀지 그래."

"불 꺼! 늦었다!"

그렇다. 언제나 책을 읽기에는 날씨가 너무 좋거나 밤이 너무 이슥했다.

읽어라든 읽지 마라든, 어쨌든 '읽다'라는 동사는 그 시절에도 이미 주로 명령형으로만 쓰이고 있었다는 점은 특기할 만하다. 옛날이라고 해도 크게 다를 건 없었다. 당시에는 읽기가 모종의 항명 내지는 불복 행위였던 것이다. 따라서 소설을 알게 되는 과정에는 늘 부모를 거역한다는 흥분이 은밀히 보태지곤 했다. 그 이중의 찬란함이라니! 아, 밤이면 밤마다 이불을 뒤집어쓴 채 손전등을 비춰가며 몰래 책을 읽곤 했던 기억들이여! 안나 카레니나도 그 야심한 시각이면 브론스키 백작을 만나려고 부리나케 마차를 몰지 않았던가! 두 사람이 서로 사랑한다는 그 자체만으로도 아름다웠지만, 읽지 말라는 말을 거스르면서 사랑할 때는 그 사랑이 더더욱 감동적이었다. 그들은 엄마 아빠를 거스르며 사랑을 했다. 그들은 풀어야 할 수학 숙제를, 제출해야 할 작문 과제를, 치워야 할 방을 제쳐두고 사랑을 했다. 그들의 사랑은 밥 먹는 것까지도 잊게 했고, 간식거리 앞에서도 초연하게 만들었다. 그들의 사랑은 축구 시합보다도 버섯 따기보다도 더…… 열띤 관심을 불러 모았다. 만인에게 읽히고 사랑받던 두 사람의…… 그 아름답고 지순한 사랑이라니!

그럴 때 소설은 너무도 짧았다.

3

사실 처음부터 아이에게 책읽기를 강요하려 했던 건 아니다. 처음에는 단지 아이가 책을 읽음으로써 얻을 즐거움만을 생각했다. 아이가 태어난 후 처음 몇 해 동안, 우리는 더할 수 없이 큰 은총을 받았다. 새로운 생명을 마주하며 느끼는 그 무한한 경이가 우리에게 뜻밖의 재능을 가져다줬던 것이다. 우리는 아이를 상대로 이야기꾼이 되었다. 아이의 말문이 트일 때부터, 우리는 아이에게 무수한 이야기를 들려주었다. 우리 자신도 생각지 못한 재주였다. 아이의 기쁨은 우리에게 영감을 불러일으켰다. 아이의 행복은 우리에게 번뜩이는 아이디어를 가져다주었다. 오로지 아이에게 들려주고자 인물을 늘리고, 줄거리를 엮고, 공들여 함정을 파면서…… 만년에 톨킨*이 손주들에게 그랬듯이, 우리는 아이에게 하나의 세계를 만들어주었다. 낮과 밤이 맞물리는 이슥

---

* 『반지의 제왕』으로 유명한 영국 작가 J. R. R. 톨킨(1892~1973)을 가리킨다.

한 시간에, 아이 앞에서 우리는 소설가가 되었던 것이다.

설사 우리의 재주가 부족해서 아이에게 고작 다른 사람들이 지어낸 이야기를 어설프게나마 옮겨줬을 뿐이라 하더라도, 그러다가 더러 우리 멋대로 말을 만들고, 고유 명사를 뒤바꾸고, 줄거리를 뒤섞고, 이 이야기의 서두에 저 이야기의 결말을 갖다 붙였다 한들 무슨 상관이랴…… 아니 이야기를 해주었다기보다는 그저 큰 소리로 책을 읽어주는 것으로 만족했을지라도, 우리는 아이에게만은 소설가였고, 유일한 이야기꾼이었다. 우리가 저녁마다 들려주는 이야기를 들으면서, 아이는 꿈의 나래를 펼치며 밤의 장막 속으로 빠져들었다. 우리는 아이에게 더할 나위 없이 훌륭한 책이었다.

그 비할 데 없이 가까운, 아이와의 밀착감을 떠올려보라.

아이를 달래는 달콤한 즐거움을 누리기 위해 우리는 아이에게 겁줄 만한 이야기를 얼마나 숱하게 지어냈던가! 그런데도 아이는 번번이 무서운 이야기를 해달라고 졸라댔다! 더는 속지 않으면서도, 아이는 들을 때마다 무서움에 떨었다. 한마디로 아이는 진정한 독자였다. 그 옛날, 아이와 우리는 그야말로 환상적인 팀을 이뤘다. 아이는 꾀바른 독자였으며, 우리는 그런 아이의 약삭빠름을 은근히 부추기며 공모하는 책이었다!

4

돌이켜보면 아이가 글을 읽을 줄도 몰랐던 그 시절에 이미, 우리는 아이에게 책에 관한 모든 것을 가르쳐주었던 셈이다. 우리는 아이로 하여금 상상의 세계가 지닌 무한한 다양성에 눈을 뜨게 했고, 천상으로의 수직 여행이 주는 즐거움을 맛보게 했다. 아이에게 신출귀몰한 재주를 가르쳐주었고, 크로노스*의 손아귀에서 벗어날 길을 일러주었으며, 공상으로 가득 찬 독자로서의 고독에 빠져들게 했다…… 우리가 아이에게 읽어준 이야기에는 언제나 형제, 자매, 부모, 이상적인 주인공, 수호천사가 가득했다. 그들은 아이의 슬픔을 떠맡아 준 든든한 친구들이었다. 하지만 그들 역시 자기를 잡아먹으려 드는 괴물과 맞붙어 싸울 때면, 가슴 졸이는 아이의 마음에서 피난처를 찾았다. 말하자면 독자인 아이가 이번에는 그들의 수호천사가 되었던 것이다. 아이 없

* 그리스 신화에서 시간을 관장하는 신. 그리스어로 '시간'을 뜻하는 말이기도 하다.

이, 이야기 속 세계는 존재할 수 없었다. 또 이야기 속의 인물들이 없다면, 아이는 두터운 자기 세계 속에 갇혀 있었을 것이다. 그렇게 하여 아이는 세상에서 멀찌감치 떨어져 나와야만 무언가 의미를 찾을 수 있다는 책읽기의 역설적인 매력을 터득하게 되었다.

이야기 속의 여행에서 돌아온 아이는 아무런 말이 없었다. 아침이면 우리는 늘 다른 일로 분주했다. 솔직히 말해서 아이가 이야기 속에서 무얼 얻었는지 알려고 하지 않았다. 천진하게도 아이는 이야기 속의 신비를 키워나갔다. 흔히들 말하듯, 그건 아이만의 세계였다. 백설공주든 일곱 난쟁이 중 하나든, 아이가 그들과 맺는 사사로운 관계는 어디까지나 개인적인 친분에 속하는 아이만의 비밀이었던 것이다. 하긴, 읽고 나서의 침묵 또한 독자로서는 놓칠 수 없는 커다란 즐거움이 아니던가!

그렇다. 우리는 아이에게 책에 관한 모든 것을 가르쳐주었다.

아이의 마음속에 독자로서의 갈구를 단단히 심어줬던 것이다.

여러분도 기억하다시피 **아이가 글을 깨치고 싶어 안달할** 정도로 말이다!

5

교육을 전혀 염두에 두지 않았을 때, 우리는 얼마나 훌륭한 교사였던가!

6

그런데 이제 어느샌가 사춘기에 접어든 아이가 제 방에
틀어박혀, 읽지 않는 책을 마주하고 있다. 어디론가 가버리
고 싶은 아이의 열망이 아이와 펼쳐진 책 사이에 희뿌연 막
이 되어 행간을 흩뜨린다. 아이는 방문을 닫아건 채 문을 등
지고 창 쪽을 향해 앉아 있다. 48페이지. 여기까지 읽는 데
얼마나 시간이 걸렸는지 차마 헤아려볼 엄두가 나지 않는
다. 책 전체는 정확하게 446페이지다. 그러니까 거의 500페
이지나 마찬가지라는 소리다. 500페이지! 대화라도 좀 섞여
있으면 좋으련만! 어림없는 소리다! 페이지마다 얼마 되지
도 않는 여백을 두고 좁쌀만 한 글자들이 다닥다닥 붙어서
새카맣게 행을 이루며 빼곡히 이어진다. 어쩌다 한번씩 가
물에 콩 나듯 드문드문 대화가 섞일 뿐이다. 한 인물이 상대
방에게 건네는 말을 가리키는 따옴표(" ")가 마치 사막의 오
아시스라도 되는 양 반갑기 그지없다. 하지만 상대방은 아
무런 대꾸가 없다. 그러고는 다시 12페이지가 이어진다. 새
카만 행들이 또 12페이지나! 바람 한 점 안 통할 듯 빽빽하

다! 헉, 아예 숨을 쉴 수가 없다! 망할 놈의 책! 판단은 내려 졌다. 유감스럽게도 아이의 입에서 욕설이 터져 나온다. 빌 어먹을, 망할 놈의 책! 이라고. 아직도 48페이지라니…… 그 나마 47페이지까지의 내용이라도 제대로 기억할는지! 읽은 내용에 대해 물어볼 게 뻔한데…… 거기까지는 아예 생각하 기도 싫다. 겨울밤이 깊어간다. 텔레비전 뉴스의 시작을 알 리는 음악이 집 안을 가로질러 아이에게까지 들려온다. 저 녁 식사 시간까지는 아직도 30분이나 남았다. 책은 엄청 두 껍고 빽빽하다. 빈틈이라곤 조금도 없어 보인다. 펼쳐볼 엄 두가 나지 않는다. 읽고 싶다는 불길이 솟을 리 없다. 어쩌다 가까스로 불길이 일었다 한들 그 불길이 페이지 사이로 타 오를 리 만무하다. 산소 부족. 여백마다 온갖 상념이 솟구친 다. 아이의 시야 가득 여백만이 무한정 펼쳐진다. 두껍고, 빽 빽하고, 빈틈없는, 한마디로 골 때리는 책이다. 48페이지를 읽었건, 148페이지를 읽었건 무슨 차이가 있겠는가? 그래 봤자 상황은 하나도 나아질 게 없다. 아이는 제목을 일러주 던 선생님의 입술을 떠올려본다. 약속이라도 한 듯 일제히 한목소리로 물어보던 반 아이들의 질문이 귓가에 쟁쟁하다.

"몇 페이지나 되는데요?"

"한 300~400페이지 정도……"

(거짓말……)

"언제까지 읽어야 하는데요?"

운명의 그날이 통고되자, 여기저기서 항의가 빗발친다.

"보름이라고요? 400페이지(사실은 500페이지다)나 되는 책을 보름 만에 다 읽으라고요? 말도 안 돼요, 선생님!"

선생님에게 타협이란 없다.

정말 골 때리는 책이다. 영원히 끝날 것 같지 않은 영겁의 돌덩이, 지겨움 그 자체다. 그게 책이다. 그냥 '책' 말이다. 아이는 논술 과제를 쓸 때 책을 '책'이라고밖에 달리 뭐라 이름 붙일 수가 없다. 이 책이든 저 책이든 아이에게는 그저 그렇고 그런 책일 뿐이다.

"파스칼은 『팡세』라는 책에서……"

선생님은 '책'이라고 쓴 곳마다 새빨갛게 밑줄을 긋는다. 하지만 선생님이 아무리 아이에게 명칭을 정확하게 사용하라고, 소설이면 소설, 수필이면 수필, 혹은 단편집인지 시선집인지를 명확히 밝혀야 한다고, '책'이란 말은 온갖 것을 다 가리킬 수 있는 미덕을 지니나 정작 아무런 내용도 정확하게 표시할 수 없다고, 전화번호부도 책이요, 사전도 책이요, 관광 안내 책자도, 우표 수집책도, 장부도 책은 책이지 않느냐고…… 누누이 일러주어도 소용없는 일이다.

그래 봤자 달라지는 건 아무것도 없다. 아이는 다음번 논술을 쓸 때에도 여전히 책이라는 단어만 떠오를 뿐이다.

"플로베르는 『보바리 부인』이라는 책에서……"

왜냐하면 아이가 현재 처해 있는 고독이라는 관점에서 볼 때, 책은 그저 책일 뿐이기 때문이다. 그리고 책이란 책은 모두 백과사전만큼 묵직할 뿐이다. 식탁 높이에 맞게끔 아이의 엉덩이 밑에 고여주는 일 말고는 좀처럼 쓸모가 없는 바로 그 두꺼운 양장의 백과사전만큼이나 말이다.

더군다나 책이 지니는 무게란 한결같이 사람을 아래쪽으로 잡아당기는 성향이 있다. 방금 전까지만 해도 아이는 비교적 가벼운 마음으로 — 쉽게 무너질 가벼운 결심을 하고 — 의자에 앉았다. 그러나 몇 페이지도 못 읽고, 아이는 익히 알고 있는 그 끔찍한 무게에 짓눌리기 시작한다. 책의 무게, 지루함의 무게, 아무리 기를 써도 도저히 감당할 수 없을 것 같은 그 버거움의 무게에.

아이의 눈꺼풀이 침몰하기 직전임을 알려온다.

48페이지라는 암초에 걸려 결심의 방어선이 무너지고 말았다.

책이 아이를 덮친다.

눈꺼풀이 천천히 가라앉는다.

7

그동안 거실의 텔레비전 앞에서는 텔레비전이 끼치는 해악에 대해서 열띤 논쟁이 한창이다.

"매일 허튼소리나 지껄여대고 저속하고 폭력이 난무하는 프로그램뿐이라니까요…… 기가 찰 노릇이지요! 텔레비전을 켜기만 하면 늘 저러니까요……"

"게다가 일본 만화영화들은 또 어떻고요…… 일본 만화영화를 보신 적이 있나요?"

"프로그램만 문제가 있는 것이 아니에요…… 텔레비전 자체도 문제지요. 시청자들의 안이함이며…… 수동성이……"

"맞아요. 한번 텔레비전을 켜면 마냥 그 자리에 앉아서……"

"죽어라 채널만 돌려대며……"

"어휴, 정신없어……"

"하지만 그러면 적어도 광고를 안 볼 수는 있잖아요."

"그래도 광고를 피할 수는 없어요. 프로그램들이 끝나는 시간대에 똑같이 광고가 나오거든요. 채널을 돌려봤자 어차

피 또 광고지요."

"그러다 똑같은 광고를 또 보아야 할 때도 있다고요!"

잠시 침묵이 흐른다. 우리 어른들의 번뜩이는 명철함으로 모두가 '공감해 마지않을' 또 하나의 주제가 불현듯 떠올랐던 것이다.

이어서 누군가가 낮은 소리로 말한다.

"그렇지만 독서는 달라요. 독서는 능동적인 행위지요!"

"맞아요. 방금 말했듯이, 독서는 어디까지나 행동이거든요. 진정으로 책을 '읽는'……"

"그런데 텔레비전의 경우는 그렇지 않아요. 잘 생각해보면…… 영화도 마찬가지죠…… 영화 속에는 모든 게 다 갖춰져 있어요. 무엇 하나 새로이 덧붙일 여지가 없지요. 행여 감독의 의도를 제대로 이해하지 못할까 봐 영상이며 음향, 배경, 효과 음악까지도 완벽하게 제공되니까요……"

"문이 삐걱거리며 열리면서 이제 공포의 순간이 다가온다는 것을 알려주는 식이지요……"

"그런데 책을 읽을 때는 그 모든 것을 스스로 **상상해야만** 하니…… 독서란 끝없이 창조해나가는 행위일 수밖에요."

다시 또 침묵.

(이번에는 '끝없는 창조자들' 사이의 침묵이다.)

그리고 다시 대화가 이어진다.

"더욱더 놀라운 건, 아이들이 텔레비전 앞에서 보내는 시간입니다. 언젠가 아이들이 텔레비전을 시청하는 평균 시간을 학교 국어 시간과 비교한 통계 조사를 본 적이 있거든요."

"거 참 굉장했겠군요!"

"텔레비전 보는 시간이 국어 시간의 예닐곱 배랍니다. 영화 보는 시간은 빼고서도 말입니다. 한 아이가 (우리 아이를 말하는 건 아닙니다) 텔레비전 앞에 앉아 있는 시간이 주중에는 하루 평균 ── 최소한 ── 두 시간, 주말에는 여덟 시간 내지 열 시간이라는군요. 그러니까 모두 합하면 일주일에 평균 서른여섯 시간을 텔레비전 앞에서 죽치고 있는 셈이지요. 학교 국어 시간은 일주일에 고작 다섯 시간인데 말이에요."

"학교 교육이 도저히 당해낼 수가 없지요."

세번째 침묵.

다들 바닥 모를 심연으로 빠져든다.

8

결국 아이와 책 사이에 가로놓인 거리를 가늠하기 위해서는 숱한 문제가 거론될 수 있을 것이다.

우리는 **온갖** 문제를 이야기했다.

비단 텔레비전만 문제가 되는 건 아니다.

아이들 세대와 책을 읽던 우리 세대의 청소년기 사이 수십 년에는 수 세기에 버금갈 만한 심연이 놓여 있다.

따라서 심리적으로는 우리와 우리 부모의 관계보다 우리와 우리 아이들의 유대가 훨씬 가깝다고 느낄지 모르나, 정신적으로 우리는 여전히 우리 부모 세대에 더 가깝다.

(여기에서 '심리적으로'와 '정신적으로'라는 두 용어를 놓고 한동안 공방이 벌어진다. 결국 고심 끝에 다른 말로 대체.)

"정 그렇다면, **정서적으로**affectivement 훨씬 가깝다고나 할까요."

"실제적으로effectivement라고요?"

"아니, 난 실제적이라고 하지 않았어요. 정서적이라고 그랬지요."

"그러니까 우리는 정서적으로는 아이들과 더 가깝게 느껴지는데 실제적으로는 우리 부모에게 더 가깝다, 이런 말인가요?"

"이건 '사회적 현상'입니다. 이런 '사회적 현상들'이 누적되다 보면 이렇게 요약될 수가 있지요. 우리는 단지 우리 부모의 자식들에 불과했지만, 우리 아이들은 시대의 아들이요 딸이라는 겁니다."

"……?"

"그렇다니까요! 우리가 청소년이었을 당시, 우리는 결코 사회의 주류가 못 되었어요. 소비의 주체가 아니었으니까요. 경제적으로나 문화적으로나, 어디까지나 어른들의 사회였습니다. 똑같은 옷에, 똑같은 음식에, 똑같은 문화에…… 모두가 천편일률적이었죠. 아우는 으레 형이 입던 옷을 물려받았고요. 우리는 똑같은 음식을, 똑같은 시간에, 똑같은 식탁에서 먹었어요. 일요일에는 으레 산책을 했고, 텔레비전은 단 하나뿐인 채널로 온 가족을 꽁꽁 묶어놓았지요. (하긴 요즘보다야 그 시절의 텔레비전이 훨씬 좋았는데……) 독서 문제만 해도 그래요. 우리 부모님들이 걱정해야 할 거라곤 기껏해야 어떤 책들을 아이들의 손이 닿지 않는 곳에 치워놓아야 할까 하는 정도가 다였어요.

"그보다 앞서 우리 조부모 세대의 고민이란 오로지 여자아이들에게 책을 금하는 일이었고요."

"맞아요! 특히나 소설류를 못 읽게 했지요. '상상과 공상'을 금기로 여겼으니까요. 결혼 생활에 지장을 준다면서……"

"그렇지만 오늘날에는…… 청소년들도 엄연한 사회 구성원이자 고객이지요. 사회가 그들을 입히고, 오락거리를 제공하고, 먹이고, 교육시킵니다. 그러는 와중에 맥도날드니 웨스턴스타일이니, 셰비뇽이니 하는 상표가 판을 치고요. 우리는 그만한 나이에 친구 집에서 열리는 파티에 가는 게 고작이었는데 요즘 아이들은 '나이트클럽'에 드나들어요. 우리는 책을 읽었지만, 요즘 아이들은 카세트를 들으며 흔들어대고…… 우리는 비틀스에 열광하며 서로 통한다고 느꼈는데, 요즘 아이들은 이어폰으로 귀를 틀어막고 자기들만의 아성을 쌓지요…… 놀라운 것은 그뿐만이 아니죠. 도심의 몇몇 구역이 아예 청소년 차지가 되어 도시 전체가 아이들의 방황을 조장 내지는 방조하고 있으니……"

이쯤에서 다들 보부르*를 떠올린다.

보부르……

광란의 보부르……

환각의 거리 보부르, 보부르 – 방황 – 마약 – 폭력…… 보부르에서 고속 전철역 입구를 거쳐…… 환락의 소굴인 레알

---

* 파리 4구의 한 지역.

일대까지!

"그러니 프랑스 최고의 공공 도서관*을 바로 코앞에 두고도 문자와 담을 쌓고 살아가는 부랑아들이 속출하지요!"

다시 대화가 끊긴다…… 더없이 고상한 침묵. 겉과 속이 다른 '역설적 천사'의 침묵.

"댁의 아이들도 보부르에 자주 가나요?"

"웬걸요. 다행히 저희는 15구에 살거든요."

할 말 없음……

침묵……

"한마디로 말해서 아이들은 이제 책을 읽지 않아요."

"그래요."

"정신을 빼앗길 일이 어디 한두 가지래야지요."

"글쎄 말입니다."

* 보부르 언덕에 있는 퐁피두 센터를 가리킨다.

9

비단 텔레비전이나 전방위적인 소비 행태만 문제가 되는
것은 아니다. 전자 문화의 침투도 적잖은 폐해를 끼친다. 하
지만 아이들의 정신을 마비시키는 소소한 오락거리만을 탓
할 일은 아니다. 무엇보다도 학교 탓이 크다. 일관성 없는 독
서 지도, 시대착오적인 교과 과정, 교사들의 자질 부족, 시
설의 낙후성, 도서관의 부족.

그리고 또 뭐가 있을까?

아! 그렇다, 턱없이 부족한 문화부 예산! 그나마 그 쥐꼬
리만 한 예산에서 지극히 소소한 일부만이 '책'에 할애될 뿐
이다.

이렇게 열악한 조건 속에서 당신들은 어떻게 당신의 아들
딸이, 우리 아이들이, 청소년들이 책을 읽기를 바라는가?

"어디 아이들뿐인가요, 아예 프랑스 국민 전체가 점점 책
을 안 읽으니……"

"글쎄 말입니다."

10

우리의 대화는 이러했다. 그것은 세태의 어둠을 밝혀줄 언어의 영원한 승리이자, 말하지 않음으로써 그 이상의 것을 말하고 있는 금과옥조와도 같은 침묵이었다. 늘 경계를 늦추지 않으며 온갖 정보에 귀를 기울이는 만큼, 우리는 결코 이 시대에 기만당하지만은 않을 것이다. 전 세계가 우리의 말에 담겨 있으며, 온 세상이 우리의 침묵으로 밝혀진다. 우리는 현명하다. 아니 보다 정확하게 말하자면 우리는 현명함을 열렬히 사랑한다.

그런데 대화를 마치고 나서도 어렴풋이 남아 있는 이 우울함은 무슨 까닭일까? 손님들이 가고 집은 다시 일상으로 돌아왔건만 한밤중까지 이어지는 이 침묵은? 단지 설거지 걱정 때문일까? 게다가…… 저녁 모임을 마치고 몇 킬로 떨어진 집으로 돌아가고 있는 친구들에게도 똑같은 침묵이 이어진다. 조금 전까지만 해도 흠뻑 취해 있던 그 현명함의 열기는 다 어디로 사라졌는지, 빨강 신호등 앞에 멈춰 서 있는 차 속의 부부는 아무런 말이 없다. 그 침묵은 마치 간밤의 취기가 서서히 가시는 떨떠름한 뒷맛처럼, 혹은 마취가 풀려날 때의 감각처럼, 의식이 깨어나면서 조금씩 제 자신으로 돌아오는 바로 그 느낌 같다. 말하자면 그것은 우리가 나눈 대화 속에 진정한 우리는 없었음을 어렴풋이 느끼는 고통스러운 자각인 것이다. **우리는 거기 없었다.** 거기엔 우리를 제외한 모든 것이 다 있었으며, 논지 또한 확고했으나 — 게다가 그 논지의 관점에서 보자면 우리가 주장한 바가 전적으로 옳았음에도 불구하고 — 우리는 거기 없었다. 의심할 것도 없이, 현명함이라는 자기 최면을 부단히 연마하느라 또 하루저녁을 탕진했던 것이다.

그리하여…… 이제 집으로 돌아간다고 생각하며 우리는 서서히 우리 자신에게로 되돌아가는 것이다.

우리의 속마음은 조금 전 식탁에 둘러앉아서 하던 이야기와는 너무도 딴판이었다. 핏발을 세워가며 독서의 필요성을 역설했지만, 정작 우리의 마음은 제 방에 틀어박혀 책이라곤 한 줄도 읽지 않는 아이의 언저리만 맴돌고 있었다. 아이로 하여금 책읽기를 싫어할 수밖에 없게 만드는 불가피한 시대적 요인을 이것저것 늘어놓으면서도, 여전히 우리와 아이를 갈라놓는 책이라는 장벽을 넘지 못해 전전긍긍할 뿐이었다. 줄곧 책에 관해 말하면서도, 속으로는 오로지 아이만을 생각하고 있었던 것이다.

마냥 능장을 부리다가 식사가 거의 끝나갈 무렵에야 마지

못해 저녁 식탁에 얼굴을 들이민 아이는 일언반구 말이 없다. 사춘기 특유의 무게를 잡고 앉아서, 한마디 사과는커녕 식구들 간의 대화에 끼려는 최소한의 성의조차 보이지 않는다. 그러고는 식사가 끝나기가 무섭게 후닥닥 일어선다.

"죄송해요. 책을 읽어야 하거든요!"

아이와의 끈끈했던 유대는 간곳없다.

돌이켜보면, 아이가 어렸을 때, 도무지 잠들 기미를 보이지 않는 아이의 머리맡에서 매일 저녁 정해진 시간에 끊임없이 되풀이하던 그 책읽기 의식은 무언가 기도의 모습을 담고 있었다. 낮 동안 한바탕 소동을 치른 뒤에 찾아드는 그 돌연한 휴전, 온갖 일상사에서 벗어나 호젓이 행해지는 새로운 만남, 이야기의 첫 소절을 떼기 직전에 찾아드는 짧은 침묵의 순간, 마침내 울려 퍼지는 한결 본연에 가까워진 우리의 목소리, 이야기들의 제의…… 그렇다, 저녁마다 읽어주는 이야기는 더할 나위 없이 훌륭한 기도의 역할을 했다. 사심 없이, 생각 없이 내뱉는 지극히 인간 중심적인 기도, '우리의 죄를 사하여주옵소서.' 우리는 그 기도 속에서 어떠한 잘못도 고백하지 않았으며, 영원의 한 귀퉁이를 넘본 적도 없다. 다만 그것은 텍스트라는 죄의 사함 속에서 아이와 내가 한마음으로 뭉쳐지는 일체의 순간이었다. 친밀감이라는 우리의 유일한 낙원으로 돌아가는 순간이었다. 그러면서 우리는 우리도 모르는 사이에 이야기의, 아니 좀더 넓게는 모든 예술에 있어서의 가장 중요한 역할 가운데 하나를 발견했다. 바로 인간들의 아귀다툼을 멈추게 하는 역할.

거기에서 사랑은 전혀 다른 모습을 띠었다.

그것은 대가를 바라지 않는 무상의 사랑이었다.

12

무상의 베풂. 아이는 그렇게 이야기를 들었다. 선물로 말이다. 일상의 시간을 벗어나는 한순간. 모든 것을 접어둔 채…… 밤마다 듣는 이야기는 아이에게서 하루의 무게를 덜어주었다. 닻줄이 하나하나 풀리면, 아이는 바람을 따라 항해했다. 한없이 가볍게…… 그리고 그 바람은 바로 우리의 목소리였다.

그 항해의 대가로, 아이에게 아무것도, 단돈 한 푼도 요구하지 않았다. 그 어떤 응분의 보상도 요구하지 않았다. 그렇다고 아이에게 주는 상도 아니었다. (맙소사! 그 숱한 상을 받으려면 얼마나 많은 애를 써야 했겠는가!) 책을 읽는 동안은 모든 것이 무상의 나라에서 이루어졌다.

무상성, 그것이 바로 예술이 내거는 유일한 값이다.

13

　아이가 그토록 책과 친숙하던 그 시절과, 책이라는 거대한 절벽에 부딪힌 지금 사이에 도대체 무슨 일이 일어난 것일까? 그동안 우리는 어떻게든 아이를 이해해보려고 (말하자면 우리가 안심할 수 있도록) 갖은 노력을 다했다. 시대를 규탄하고, 텔레비전을 고발하면서…… 아마도 텔레비전 끄는 건 잊은 채.

　텔레비전 탓인가?

　너무도 '비주얼'한 20세기라는 시대 탓인가? 그렇다면 19세기는 너무 묘사적이라고 할 참인가? 또 18세기는 너무 합리적이고, 17세기는 너무 고전적이라고? 16세기는 너무 르네상스적이고, 푸시킨은 너무 러시아적이고 소포클레스는 너무 한물갔다고? 마치 사람과 책의 관계가 소원해지기까지 수 세기가 필요했다는 소리 같다.

　몇 년이면 족하다.

　아니 단 몇 주라도.

　한순간 어긋나려면.

그 옛날 우리가 아이의 머리맡에서 「빨간 모자」 이야기를 해줬을 때, 소녀가 입은 빨간 망토부터, 소녀의 바구니에 무엇이 담겼는지, 숲은 얼마나 깊었으며, 할머니의 귀는 또 얼마나 망측한 털투성이가 되었는지, 쐐기며 빗장까지 하나도 빼놓지 않고 시시콜콜 일러주었어도, 내 기억에 아이가 그 긴 묘사를 지루해했던 적은 한 번도 없었다.

그로부터 수 세기가 흘렀을 리 만무하다. 다만 **삶**이라고 불리는 바로 그 순간들에 영겁의 흐름이 부여되었을 뿐이다. '읽어야만 한다'라는 신성불가침의 원칙 때문에.

14

으레 그렇듯이 그때에도 우리의 즐거움이 시들해지면서 차츰 현실이 민낯을 드러냈다. 처음 1년 동안은 아이의 머리 맡에서 얼마든지 이야기를 들려줄 수 있다. 다음 해까지만 해도 그럭저럭…… 그러나 3년째에 접어들면, 마지못해서 일 수밖에 없다. 저녁마다 한 편씩 들려준다고 해도 3년이면 자그마치 1,095편의 이야기가 된다. 실로 엄청난 수치다! 게다가…… 불과 15분 정도의 짤막한 동화들이었지만 이야기를 시작하기 전에도 그만큼의 시간은 필요하다. 오늘 저녁에는 또 무슨 이야기를 해준다지? 또 무얼 읽어줄까?

우리는 영감이 고갈될 때의 피 말리는 고통에 대해 알게되었다.

처음에는 아이가 우리를 도와주었다. 아이에게 놀라움을 선사하기 위해 필요한 것은 무언가 새로운 이야기가 아니라 똑같은 이야기였으니까.

"아니, 또! 또 꼬마 엄지 이야기를! 맙소사 얘야, 꼬마 엄지 이야기 말고도…… 다른 이야기가 얼마든지 있잖아."

다른 건 안 되고 꼭 꼬마 엄지 이야기만을.

이제 와서 우리가 차라리 아이의 숲이 꼬마 엄지로만 가득 차 있던 그 행복했던 시절을 그리워하게 될 줄 누가 알았겠는가? 여차하면 아이에게 이야기의 무궁무진함을 일깨워준 것이며, 선택의 여지를 준 것을 혀를 깨물며 후회할 판이다.

"아니, 그거 말고, 그 이야기는 어저께 한 거잖아!"

강박 관념까지는 아닐지라도, 이야기를 고르는 문제는 이미 골칫거리가 되어갔다. 이번 주말에는 반드시 서점에 들러, 어린이책 코너를 훑어보기로 손쉽게 타협을 보았다. 막상 토요일 아침이 되면, 책방 순례는 다음 주 토요일로 미루어진다. 아이에게는 목이 빠지도록 기다렸던 소중한 약속이건만, 우리에게는 소소한 집안일 가운데 하나일 뿐이다. 대수롭지 않은 일이라도 하나하나 쌓이다 보면 엄청난 무게로 와닿기 마련이다. 크건 작건 간에 어쨌든 즐거움에서 시작된 일이라면 소중히 지켜줄 일이다. 그런데 우리는 그것을 지켜주지 못했다.

매 순간 분란이 생겼다.

"왜 나만? 당신이 하면 안 돼? 미안하지만 오늘 저녁은 당신이 이야기 좀 해줘 봐!"

"당신도 알잖아. 난 워낙 상상력이 부족해서……"

기회만 있으면 우리는 아이 곁을 지켜줄 다른 목소리를

찾았고, 사촌에게, 베이비시터에게, 잠시 머물러 온 아주머니에게도 종종 그 일을 떠맡겼다. 새로운 목소리들은 이제껏 이런 노역을 면제받았던 터라 처음엔 자못 흥미를 보이다가도, 까탈스러운 독자의 요구로 이내 넌더리를 내곤 했다.

"할머니는 그렇게 말하지 않는단 말이에요!"

한심한 노릇이지만 우리는 잔꾀를 부리기도 했다. 아이가 이야기에 집착하면 할수록, 차츰 이야기를 일종의 조건부로 삼고픈 마음이 든 것이다.

"너 계속 그러면, 오늘 밤엔 아무 이야기도 안 해줄 테다!"

으름장대로 이뤄지는 경우는 좀처럼 드물었다. 고함을 지른다거나 간식을 주지 않는다고 해서 달라질 건 없을 것이다. 게다가 아무런 이야기도 들려주지 않은 채 아이를 침대로 쫓아낸다면, 아이의 하루는 캄캄한 밤중까지도 계속되는 셈이다. 아이와 화해하지 못한 채 그대로 아이를 내모는 격이니 말이다. 그건 아이에게나 우리에게나, 견디기 힘든 징벌일 것이다.

맙소사…… 그러면서도 우리는 그 같은 으름장을 놓았다! 대수롭지 않은 빈말이었지만…… 그 말에는 우리의 피로감이, 단 한 번만이라도 그 15분을 아이에게 책을 읽어주는 대신 다른 일에, 좀더 다급한 집안일을 하는 데, 아니면 잠깐만이라도 호젓이…… 내 책을 읽는 데 쓰고 싶다는 유혹이 은연중에 담겨 있었다.

우리 안의 이야기꾼은 이제 진이 다 빠져버려, 뒤를 이을 새로운 대안이 마련되어야 할 터였다.

15

그러던 차에 마침 학교라는 대안이 생겨났다.

학교는 아이의 미래를 떠맡았다.

읽기, 쓰기, 셈하기······

처음 얼마 동안은, 아이는 학교에 푹 빠져버렸다.

그 조그만 막대기와 고리와 동그라미며 오밀조밀한 다리
가 모여서 글자가 되다니! 신기한 노릇이 아닐 수 없었다.
게다가 글자는 모여서 음절이 되고, 음절은 하나하나 맞닿
아 단어를 이루고······ 아이는 도무지 정신을 차릴 수가 없
었다. 그러다 몇 개의 단어가 눈에 익으면······ 꼭 현란한 마
술을 보는 것만 같았다!

이를테면 **마망**maman(엄마)이라는 단어는, 다닥다닥 붙은
세 개의 다리를 지나 동그라미 하나에 고리를 걸고, 다시 또
세 개의 다리를 지나 동그라미 하나에 고리를 걸고, 마지막
으로 두 개의 다리를 잇달아 지나면 된다. 이렇게 희한한 요
지경이 펼쳐지는데 어떻게 정신을 차릴 수가 있단 말인가?

그 상황을 한번 상상해볼 필요가 있다. 아이는 이른 아침

에 일어나 엄마와 함께 집을 나서 학교로 향했다. 밖에는 추적추적 가을 가랑비가 흩뿌리고 있다. (그렇다. 좀더 극적인 분위기를 자아낼 수 있다면야, 축축한 안개비, 한 번도 갈아주지 않은 수조 안의 물처럼 희뿌연 새벽빛 따위에 굳이 인색할 필요는 없잖은가.) 몸은 아직도 이불 속의 온기에 싸여 있고, 입에는 여전히 핫초코의 달착지근함이 남아 있지만, 아이는 제 머리 위로 오는 엄마 손에 대롱대롱 매달려, 엄마가 한 걸음을 내디딜 때마다 두 걸음씩 종종걸음을 쳤다. 아이가 재게 발걸음을 옮길 때마다 등에 멘 책가방도 덩달아 딸깍거린다. 아이는 교문 앞에서 엄마와 하는 둥 마는 둥 서둘러 포옹을 마치고, 시멘트가 깔린 운동장과 시커먼 마로니에들을 지나갔다. 첫번째 종소리가 울려 퍼질 즈음…… 아이는 한동안 운동장 한 귀퉁이에서 쪼그리고 앉아 있거나, 아니면 곧장 교실로 향하는 아이들의 무리에 씩씩하게 뛰어들거나, 뭐 그건 아무래도 좋다. 아이들은 저마다 『걸리버 여행기』의 소인국에서나 볼 수 있을 법한 나지막한 책상 앞에 꼼짝 않고 말없이 앉아서 오로지 연필을 놀리는 일에만 혼신의 힘을 기울였다. 글씨가 좁은 칸을 삐져나오지 않도록 행을 맞춰서! 혀를 쭉 내민 채, 손가락을 모아 어설프게 연필을 그러쥐고 뻣뻣하게 손목을 놀려가며 작은 다리, 막대기, 고리, 동그라미를…… 그려나갔다. 아이는 엄마와 멀리 떨어져 이른바 **노력**이라 불리는 그 기이한 고독에 잠겨 있었다. 똑같이 혀를 빼물고 노력 중인 또 다른 고독들에 둘러싸인 채…… 그리하여 최초의 문자가 모아졌다. 몇 줄이고 계속해서 '아a'만…… '엠m'만…… '테t'만 이어지는…… ('테/'는 옆으로 빗장을 쳐야 하는 일이 녹록지가 않았다. 하지만 위로 한 번 돌리고 아래로 한 번 돌리는 '에프/'나, 전후좌우로 정신없이 돌리다가 마지막에 멋들어지게 삐침을 그어야 하는 '카/'에 비하면 누워서 떡 먹기였다.) 하지만 아이는 그 모든 어려움을 하나하나 극복해나가, 드디어 글자를 '마ma'로…… '파pa'로 이어 붙일 수 있게 되었고, 또 그 음절을 모아 이번에는……

그리하여 마침내 어느 화창한 아침에, 아니면 점심시간의 왁자함이 아직도 귓전을 맴도는 어느 날 오후에, 아이 앞에 있는 하얀 종이 위에 홀연히 한 단어가 떠오르게 된다. '마망'이라고 하는……

물론 이미 칠판에서 무수히 보고 익힌 단어다. 그러나 이번만은 제 눈으로 보며 제 손으로 직접 쓴 단어인 것이다.

처음에 아이는 자신 없는 목소리로 두 음절을 더듬더듬 읊어본다. "마―망."

그러다 갑자기 큰 소리로 외친다.

"마망!"

그 환희의 외침이야말로 우리가 생각할 수 있는 가장 놀라운 지적 항해의 결실이요, 달 표면에 내디딘 첫발자국만큼이나 거대한 도약*이다. 아무렇게나 그어지는 한 획 한 획이 모여 무한한 감정을 담고 있는 하나의 의미로 바뀐 것이다! 다닥다닥 붙은 다리와 동그라미, 고리가 모여서…… '마망'이 되었다. 아이의 눈앞에 있는 엄마라는 글자가 아이의 마음속에서 새로이 깨어난 것이다. 그것은 더 이상 음절과 음절로 이루어진 한낱 단어나 개념이 아니라, 단 **하나의** 엄마, **자기만의** 엄마가 되어 사실에 충실한 그 어떤 사진보다도 더 헤아릴 수 없이 많은 것을 말해주고 있다. 그사이에 무슨 마술 같은 일이 벌어진 것인가. 동그라미와 다리와 고리가 느닷없이 ― 그리고 영원히 ― 그저 단순한 기호이기를, 무의미이기를 그치고, 바로 엄마라는 존재가, 엄마의 목소리와 내음과 손길이, 엄마의 품이, 엄마를 이루는 헤아릴 수 없이 많은 세세한 것이 되어버린 것이다. 아이에게는 너무나 절대적이지만, 또 한편 공책의 칸을 따라 그어진 선들과는 너무나도 무관한 엄마의 모든 것이 사방으로 둘러쳐진 벽을 넘어 교실로, 아이의 마음속으로 스며든다.

그렇다면 그건 더도 덜도 아닌,

마법의 돌이랄 수밖에.

아이는 방금 마법의 돌을 발견한 것이다.

---

* 닐 암스트롱이 1969년 달 표면에 처음 착륙하면서 했던 말을 빗대었다. "이것은 한 사람에게는 작은 발걸음이지만, 인류에게는 거대한 도약이다."

16

누구라도 이 새로운 눈뜸이 가져다주는 변화에서 자유로울 수는 없다. 일단 지적 항해의 첫발을 내딛고 나면, 아무 일도 없었던 듯 예전처럼 돌아갈 수는 없는 것이다. 아무리 억제된 즐거움일지라도, 모든 독서에는 **읽기의 즐거움**이 자리하기 마련이다. 그것은 본질적으로 연금술사로서의 기쁨이다. 그렇기에 텔레비전이며 온갖 영상 매체를 통하여 이미지가 나날이 홍수처럼 쏟아진다 해도, 읽기의 즐거움은 하나도 두려울 게 없다.

독서의 즐거움이 사라져간다고 해서(다들 우리의 아들딸이, 요즘 젊은 아이들이 책읽기를 싫어한다고들 하니까), 아주 까마득히 사라진 것은 아니다.

잠시 길을 잃었을 뿐이다.

그 즐거움은 얼마든지 되찾을 수 있다.

다만 어떠한 길을 통해서 그 즐거움을 되찾을 수 있을지를 생각해봐야 할 것이다. 그러자면 현대성이 청소년들에게 미치는 영향과는 별도로, 몇 가지 사실을 되짚어볼 필요가 있다. 그것은 전적으로 우리 어른에게만 해당되는 사항이다. '책읽기를 좋아한다'고 자신하며, 또 그러한 독서열을 함께 나누고 싶어 하는 우리 어른에게만 말이다.

17

그렇게 하여 엄청난 경이의 세계를 접하게 된 아이는 상기된 채로 학교에서 돌아온다. 스스로가 대견스러운 듯 얼굴에는 자못 뿌듯함이 역력하다. 아이는 손에 묻은 자국을 훈장처럼 내보인다. 손바닥에 거미줄처럼 그어진 색색의 연필 자국이 아이에게는 영광의 상패 같다.

그 행복감은 처음 학교생활을 시작하면서 겪었던 모든 괴로움을 보상하고도 남을 터였다. 터무니없이 길기만 했던 하루, 끊이지 않고 이어지던 담임선생님의 잔소리, 식당의 소란스러움이며 처음으로 갖게 된 이성에 대한 고민까지도 깡그리 사라졌다.

아이는 집에 들어서자마자, 가방을 열고, 그날의 혁혁한 성과를 여봐란듯이 내보이며, (아마 '엄마'라든가 '아빠,' '과자'며 '고양이' 정도일 게 분명한) 예의 그 성스러운 단어들을 다시 한번 써 보인다.

어쩌다 시내에 나가면 아이는 아예 광고 말씀을 전하는 사도의 길로 나선 듯, 눈에 들어오는 온갖 대형 간판을 끊임

없이 주워섬긴다. 르노, 사마리텐, 볼빅, 카마르그 같은 상
표며 상호가 마치 하늘에서 떨어진 말씀인 양, 아이의 입에
서 갖가지 음색으로 터져 나온다. 문자를 해독하고자 하는
아이의 열망은 하다못해 세제에 쓰인 문구 하나까지 허투루
지나치는 법이 없다.

"포 백 살 균 새 탁 재, 이게 무슨 말이야?"

바야흐로 아이는 문제의 핵심을 파고들기 시작한 것이다.

18

혹시 이런 아이의 열성에 우리가 잠시 분별력을 잃었던
것은 아닐까? 아이가 고작 단어 몇 개에 흥미를 보인다고 해
서 마치 당장 온갖 책을 섭렵할 수 있게 된 듯 착각에 빠졌
던 것은 아닐까? 걸음마를 익히고 말을 배우듯, 책 읽는 습
관도 때가 되면 저절로 익히리라고 생각했던 건 아닐까? 요
컨대 독서도 직립 보행이나 언어 구사 못지않게 인간만이
누릴 수 있는 특권일 텐데 말이다. 어찌 되었든 바로 그즈음
에 우리는 저녁마다 아이에게 책을 읽어주는 걸 그만두기로
했다.

학교는 아이에게 읽기를 가르쳐주었고, 아이의 학구열 또
한 대단했다. 우리는 진심으로 그렇게 생각하지는 않으면서
도 아주 막연히 그것이 새로운 자율성을 획득하는 생의 전
환기이며 또 다른 걸음마라고 생각해버렸다. 그만큼 별 무
리 없이 진행되는 여느 생리학적 발달 과정의 한 단계처럼,
지극히 당연하고 자연스러운 일처럼 보였던 것이다.

이제 아이는 읽을 줄 알게 되었으니, 기호의 세계를 제 발

로 혼자 거닐 수 있을 만큼 다 '자란' 것이다.

드디어 아이에게 책을 읽어주느라 빼앗겼던 15분이 온전히 우리 차지가 되었다.

아이는 새로이 자리 잡은 자부심 때문인지 크게 우리 말을 거스르지 않았다. 잠자리에 들면 무릎을 세우고 동화책을 펼치고서, 정신을 집중하느라 양미간을 잔뜩 찌푸린 채, 늘 무언가를 **읽곤** 하였으니 말이다.

우리는 그런 행동에 안심하면서 아이의 방을 나오곤 했다. 그러나 아이가 맨 먼저 배우는 것은 책읽기가 아니라, **책 읽는 시늉**일 뿐이다. 그러한 아이의 자기 과시는 학습에 다소 도움이 될지 모르겠으나, 우선은 어른들을 기쁘게 함으로써 스스로 안도감을 찾으려는 행동이라는 것을 우리는 알려고도 인정하려고도 하지 않았다.

19

그렇다고 우리가 아이의 교육을 전적으로 학교에만 내맡기는 형편없는 부모였던 것만은 아니다. 오히려 날로 달라지는 아이의 학습 과정을 실로 무한한 관심을 가지고 지켜보았다. 담임선생님에게 비친 우리는 어디까지나 학부모 회의에 꼬박꼬박 참석하며 비교적 '열린 사고'를 지닌, 더할 나위 없이 자상한 부모였다.

우리는 이제 막 초등생이 된 아이의 숙제를 꼬박꼬박 챙겨주었다. 뿐만 아니라 아이가 읽기에 처음으로 부진한 모습을 보였을 때는, 그날 주어진 페이지를 크게 소리 내어 읽게 하고, 그 의미를 낱낱이 이해할 수 있도록 단호하게 대처했다.

결코 쉽지만은 않은 노릇이었다.

각고의 진통 끝에 간신히 음절 하나를 만들어낸다.

그 음절들이 이어져 단어가 되는 사이에 단어의 의미는 실종되고 만다.

단어를 쫓아다니다 보면 어느샌가 문장의 의미는 원자 폭

탄을 맞은 듯 해체된다.

원점으로 돌아간다.

다시 시작한다.

이 과정이 수도 없이 되풀이된다.

"조금 전에 읽어놓고도 몰라? 이게 **무슨 뜻**이냐고?"

게다가 이런 식의 다그침은 하루 중 가장 좋지 않은 순간에 일어나기 마련이다. 그러니까 아이가 학교에서 방금 돌아왔거나 우리가 직장에서 돌아온 직후, 아니면 아이가 가장 지쳐 있을 때라든가 우리가 진이 다 빠져 있을 때다.

"아니 넌 공부를 하는 거니, 마는 거니!"

우리는 어김없이 신경질적으로 언성을 높이다가, 짐짓 협박조로 포기를 선언하고 문을 쾅 닫고 나와버린든지, 아니면 더 세게 아이를 몰아세운다.

"다시 읽어봐. 처음부터 다시 읽어보란 말이야!"

아이는 처음부터 다시 읽었다. 파르르 떨리는 아이의 입술 사이로 울음 섞인 단어가 비어져 나왔다.

"우는 시늉 좀 하지 마!"

하지만 그 슬픔은 결코 눈속임하려는 의뭉스러운 시늉이 아니었다. 도저히 참을 수 없어 터져 나오는 북받치는 설움이었다. 자신의 고통을 절절히 호소하는 설움이었다. 더 이상은 무엇 하나 제대로 할 줄 아는 게 없다는, 엄마 아빠를 기쁘게 해주는 역할도 하지 못한다는 통한이었다. 그런 아이의 모습에 우리는 인내의 한계를 드러내기보다는 불안한 생각이 들기 시작했다.

우린 정말로 아이가 걱정스러웠다.

어찌나 걱정스러운지 시도 때도 없이 내 아이를 또래의 다른 아이와 시시콜콜 비교하곤 했다.

뿐만 아니라 비슷한 또래의 아이를 둔 친구 아무에게 나……가 아닌, 학교 성적이 뛰어나며 죽어라 책만 읽는다는 아이를 둔 친구에게 자문을 구해보기도 했다.

귀가 잘 안 들리나? 난독증이 아닐까? 아예 학교에 안 가겠다고 하는 건 아닐까? 학습 장애가 있는 건 아닐까?

별의별 검사를 다 해보았다. 청력 검사에서도 모든 게 정상이었다. 언어 치료사도 안심해도 좋단다. 심리 검사에서도 아무런 이상이 없었다.

그런데 왜?

둔해서일까?

단지 둔해서일 뿐이라고?

아니다. 아이는 그저 자신의 리듬을 따라가고 있을 뿐이었다. 그 리듬은 다른 아이와 반드시 같아야 한다는 법도, 평생 일정해야 한다는 법도 없다. 아이에게는 저마다 책읽기를 체득해나가는 자신만의 리듬이 있다. 때론 그 리듬에 엄청난 가속이 붙기도 하고, 느닷없이 퇴보하기도 한다. 책을 읽고 싶어 안달하는 시기가 있는가 하면, 포식 뒤의 식곤증처럼 오랜 휴지기가 이어지기도 한다. 거기에 아이 나름대로의 좀더 잘하고 싶다는 갈망, 해도 안 될 것만 같은 두려움까지 감안한다면······

우리는 '교육자'를 자처하지만, 실은 아이에게 성마르게 빚 독촉을 해대는 '고리대금업자'와 다를 바가 없다. 말하자면 얄팍한 '지식'을 밑천 삼아, 서푼어치의 '지식'을 꿔주고 이자를 요구하는 격이다. 우리가 받은 지식을 돌려주어야 한다. 아무런 조건 없이, 될수록 빨리! 그렇지 않으면, 무엇보다 바로 우리 자신부터 의심을 해봐야 할 것이다.

20

흔히들 말하듯 우리의 아들딸이며 요즘 젊은이들이 유독 책읽기를 좋아하지 않는다고 하여 — '좋아하지 않는다'는 말은, '좋아하는 마음'에 뭔가 손상을 입었다는 의미에서 참으로 적절한 표현인 듯하다 — 이를 전적으로 텔레비전이나 학교, 시대의 탓으로 돌릴 수만은 없다. 정 책임을 묻고 싶다면, 먼저 우리 자신에게 물어보아야 할 것이다. 우리가 이야기꾼이자 책으로서의 역할을 즐겨 떠맡곤 하던 시절에 그 **이상적인** 독자였던 아이에게 어떻게 하였던가?

아이와 우리, 그리고 이야기책은 저녁마다 그야말로 환상적인 삼위일체를 이루지 않았던가. 그런데 지금은 아이 혼자서 원수 같은 책과 씨름해야 한다.

배신도 그런 배신이 또 있을까!

우리가 읽어줬던 경쾌한 문장은 아이를 책의 중압감에서 벗어나게 해주었다. 하지만 지금은 알아볼 수도 없을 만큼 깨알 같은 글자가 빼곡히 들어차 있을 뿐, 책 어디에도 꿈꾸고 싶은 욕망이 깃들 여지는 없다.

우리는 기꺼이 아이가 천상으로의 여행을 떠날 수 있도록 안내자가 되어주었다. 하지만 지금 아이는 혼자서 감당해야 하는 엄청난 노역에 지레 압도당한 상태다.

우리는 아이에게 시공을 초월하는 세계를 열어주었다. 그런데 아이는 지금, 제 방 또는 교실에 갇혀서, 책 속의 한 줄 혹은 한 단어에서 도무지 헤어나질 못한다.

더군다나 그 많던 마법의 인물들, 형제며 자매, 왕이며 왕비, 영웅들은 다들 어디로 숨어버렸을까? 무수한 악의 무리에 쫓기면서 아이의 마음을 졸이게 하고, 아이로 하여금 존재의 고민을 잊게 만들었던 그 인물들이, 졸지에 깨알같이 납작해진 문자라고 불리는 이 잉크 자국과 도대체 무슨 상관이란 말인가? 신에 가깝던 그 무소불위의 인물들이 창졸간에 점점이 바스러져 한낱 인쇄 기호로 짜부라지고 말았다는 것인가? 그렇게 해서 책이라는 **물건**이 된 거라면, 이 얼마나 황당한 변신인가! 마법이 반대로 걸린 것이다. 아이도 아이의 영웅들도 다 함께 말 없는 책의 어마어마한 두께 속에 갇혀버린 셈이니 말이다!

그중 가장 무시무시한 변신은 뭐니 뭐니 해도 부모의 돌변이다. 담임선생님 못지않게 엄마 아빠도 아이에게 그 간혀버린 꿈을 풀어놓으라고 안달이니 말이다.

"그래서 왕자는 어떻게 되었지? 대답해봐!"

적어도 아이에게 책을 읽어주던 시절에는, 잠자는 숲속의 공주는 물렛가락에 찔려서, 백설공주는 사과를 한입 베어물어서, 잠이 들었다는 자초지종을 제대로 알고 있는지 한번도 따져본 적이 없던 부모였다. (하기야 처음부터 아이가 제대로 **이해**했을 리가 없다. 이야기 속에는 얼마나 신기한 일이, 재미있는 말이, 감동의 순간이 가득했었던가! 아이는 자기가 가장 좋아하는 대목만을 손꼽아 기다리다가, 그 대목만 나오면 이야기를 가로채 줄줄이 엮어내곤 했다. 그다음엔 신비한 일이 꼬리에 꼬리를 물고 일어나 알 것도 같고 모를 것도 같았지만, 아이는 이내 모든 것을 **이해**하고 전체 줄거리를 훤히 꿰맞출 수 있게 되었다. 잠자는 숲속의 공주는 물렛가락 때문에, 백설공주는 사과 때문에 잠들었다는 것을 정확하게 가릴 줄 알게 된 것이다.)

"다시 한번 묻겠는데 왕이 성 밖으로 쫓아낸 왕자가 그 후에 어떻게 되었냐고?"

우리는 다그치고 또 다그친다. 맙소사, 불과 열댓 줄 남짓한 글의 내용을 내 아이가 이해하지 못한다니! 도저히 있을 수 없는 일이다. 우리가 무슨 바닷물을 통째로 삼키라고 했나, 읽어봤자 기껏 열댓 줄일 뿐인데.

이야기꾼이었던 우리는 이제 몇 줄, 몇 장까지도 꼬치꼬치 따지는 회계 감사원이 되어버렸다.

"좋아! 그렇다면 이제 텔레비전 볼 생각은 아예 하지도 마!"

그렇다.

변명할 여지가 없다. 텔레비전이 보상이라는 지위로 격상함에 따라, 당연히 독서가 억지로 해야 할 고역으로 전락할 수밖에 없게 된 것은…… 다름 아닌 바로 우리에게서 나온…… 우리 자신의 발상이었다는 사실을……

21

독서는 아이에게는 가혹한 징벌이다. 독서는 어른이 아이에게 지우는 거의 유일한 일거리이기도 하다. 〔……〕 어른에게는 독서가 아이를 벌하는 방편이지만, 아이들은 이를 완벽하게 소화해낼 만큼 호기심이 강하지 않다. 그러나 그 징벌의 방편을 아이를 즐겁게 하는 데 쓰도록 해보라. 어른들이 뭐라건 상관없이 어느샌가 아이는 책읽기에 빠져들 것이다.

어른들은 읽기를 익히게 할 가장 효과적인 방법을 강구하는 데에만 열을 올린다. 그럴듯한 공부방을 꾸며주고, 독서 카드를 만들고, 출판사를 무색게 할 만큼 온갖 전집류로 도배를 한다. 〔……〕 참 딱한 노릇이다! 가장 확실한 방법이 있는데도 까맣게 잊고 있으니 말이다. 요는 아이에게 배움에 대한 갈망을 갖게 하는 일이다. 우선 아이에게 배우고 싶다는 열망을 심어준 다음 책상을 마련해주어도 줄 일이다. 〔……〕 그제야 어른들이 동원하는 온갖 방법이 제구실을 할 것이다.

당장의 흥미, 이것만이 아이를 가장 확실하게 지속적으로 이끌어갈 유일한 동인이다.

〔……〕

자못 의미심장한 금언이 될지도 모를 한마디만 덧붙이고자 한다. '조급하게 얻으려고 서두르지 않는 것이 곧 가장 확실하고 빠르게 얻는 길이다.'

아, 물론 나도 인정한다. 제 자식들을 헌신짝처럼 내팽개친 루소에게는 이 문제에 대해 왈가왈부할 자격이 없다는 것을! (그에게 이런 지적이 늘 꼬리표처럼 따라다니는 것이 좀 한심해 보이기는 하지만……)

그럼에도 불구하고…… 그가 적절히 상기시켜준 덕분에 우리는 한 가지 사실만은 깨달을 수 있었다. 즉 '독서 능력'에 대한 어른들의 강박도 어제오늘 일이 아니지만, 배우고자 하는 열망을 원천 봉쇄하는 방향으로만 온갖 교육적 발상을 떠올리는 우매함 또한 어제오늘만의 일이 아니라는 사실이다.

그러니 참으로 아이러니하게도(역설의 대가라도 실소를 터뜨릴 일이다), 무심하다는 아버지가 오히려 제대로 된 교육을, 훌륭하다는 교사가 오히려 형편없는 교육 방침을 실천하는 셈일지도 모른다. 아니 실제로도 그렇다.

루소라는 위인이 정 탐탁지가 않다면 — 결코 빈민 구제

원이나 고아원에 자식을 맡긴 바가 없는 — 폴 발레리는 어떤가. 발레리는 레지옹 도뇌르 훈장을 받는 자리에서 여학생들에게 연설한 적이 있다. 교육사에 길이 남을 만한, 가히 기념비적이라 할 수 있는 연설이었는데, 거기에서 그는 사랑이란 주제, 책에 대한 사랑의 정수를 에두르지 않고 곧바로 이렇게 표현했다.

학생 여러분, 우리가 처음 문학에 끌리기 시작하는 건 한낱 단어 나부랭이나 문장 때문만은 아닙니다. 문학이 어떻게 우리의 삶 속에 스며들기 시작했는가를 생각해보십시오. 이야기의 시대는 그 옛날 기억마저 아스라한 시절, 갓난아이를 어르고 재우는 자장가를 그만둘 즈음부터 벌써 시작됩니다. 아이는 젖을 빨듯 이야기를 빨아들입니다. 그러곤 그 경이로운 이야기들의 세계가 끝없이 되풀이되며 이어지기를 요구합니다. 아이는 냉철하기 그지없는 훌륭한 독자입니다. 나 또한 그 하고많은 마법사며 괴물, 해적, 요정 따위를 끊임없이 지어내느라 얼마나 많은 시간을 바쳐야 했는지 모르겠습니다. 그럼에도 아이들은 진이 다 빠져버린 아빠에게, '또 해줘' 하며 졸라대곤 했습니다.

22

"아이는 냉철하기 그지없는 훌륭한 독자입니다."

아이는 누구나 훌륭한 독자가 될 자질을 타고난다. 그리고 주위의 어른들이 몇 가지 지침만 잊지 않는다면 아이는 언제까지고 훌륭한 독자로 남을 것이다. 우선은 어른들이 자신의 능력만을 내세우려 들기보다는, 아이에게 열정을 불어넣어 줘야 한다. 무조건 암기와 복습만을 강요할 게 아니라, 배우고자 하는 열의를 북돋워 줘야 할 것이다. 모퉁이에서서 아이가 도착하기만 기다릴 게 아니라, 아이와 함께 노력하는 자세를 가져볼 일이다. 어떻게든 자기만의 시간을 가지려고 들기보다는, 기꺼이 아이에게 저녁 시간을 내어줘야 한다. 미래를 담보로 아이에게 으름장을 놓기보다는 아이의 현재가 한껏 펼쳐질 수 있도록 마음 써야 한다. 한때는 아이의 더없는 즐거움이었던 일이 결코 마지못해서 하는 고역이 되어서는 안 될 것이다. 그러자면 아이가 그 즐거움을 맘껏 누릴 수 있도록 기다리는 여유를 가져야 한다. 적어도 아이 스스로가 그 즐거움을 의무로 삼고자 할 때까지는 말

이다. 자발적으로 받아들이는 의무란 모든 문화적 수련 과
정이 그렇듯 무상성을 전제로 한다. 그렇게 해서 어른들 자
신도 그 무상의 즐거움에 다시금 새롭게 잠겨볼 일이다.

23

그 즐거움은 결코 멀리 있지 않다. 얼마든지 되찾을 수 있다. 몇 해를 허송으로 흘려보내지 않으려는 마음만 있으면 된다. 밤이 되기를 기다렸다가 아이의 방문을 열고 들어가서 아이 머리맡에 앉아, 예전처럼 다시 아이와 읽기를 시작하기만 하면 된다.

아이가 가장 좋아하던 책을 골라서,

아무런 대가도 바라지 않고,

그저 크게 소리 내어

읽는 것.

그다음에 과연 어떤 일이 벌어질지에 대해서는 좀더 상세한 부연 설명이 필요할 듯도 하다. 처음에 아이는 제 귀를 의심할 것이다. 자라 보고 놀란 가슴 솥뚜껑 보고 놀란다고, 그토록 호되게 데었으니 이야기가 왜 아니 무섭겠는가? 아이는 턱까지 이불을 끌어 올리고, 경계의 눈빛을 보낸다. 한껏 몸을 사린 채 뭔가 함정의 정체가 드러나길 기다리는 것이다.

"자, 지금까지 읽은 내용이 뭐지? 제대로 알아들었냐고?"

하지만 아이에게 이런 식의 질문은 그만두기로 하자. 아니, 어떤 식으로든 질문은 금물이다. 아무것도 기대하지 않은 채, 그저 읽어주는 것만으로 만족해야 한다. 조금씩 아이의 경계심이 풀어진다. (덩달아 우리도 한결 느긋해진다.) 아이의 얼굴에는 예전에 저녁 여행길에 오를 때마다 짓곤 하던 예의 그 꿈꾸는 듯한 몰입의 표정이 다시금 떠오른다. 마침내 아이는 예전의 우리를 알아본 것이다. 달라진 우리의 목소리만으로도.

어쩌면 아이는 이 뜻밖의 사태에 영문도 모른 채 그대로 곯아떨어질 수도 있겠지만…… 어쨌든 아이의 마음은 한결 가벼워졌을 것이다.

다음 날 저녁에도 똑같은 일이 벌어진다. 똑같은 책을 읽어줄 수도 있다. 어쩌면 아이가 먼저 똑같은 책, 똑같은 이야기를 읽어달라고 할지도 모르겠다. 지난밤에 꿈을 꾼 게 아니라는 것을 확인하기 위해서 말이다. 아이는 똑같은 대목에서 똑같은 질문을 한다. 순전히 우리에게서 똑같은 대답을 듣는 즐거움을 맛보려고 말이다. 반복은 아이를 안심시킨다. 반복은 친밀감을 보여주는 표지다. 다시금 그러한 친밀감을 느끼고 싶다는 열망 그 자체다. 아이는 그 낯익은 숨결에 다시 한번 젖어들고 싶었던 것이다.

"또 해줘!"

"한 번만, 딱 한 번만 더⋯⋯" 이 말은 '엄마 아빠와 나는 끊임없이 되풀이되는 이 한 가지 이야기만으로도 마음이 가득 찰 만큼 서로 사랑해야 해요'라는 뜻이다. 다시 읽는 것은 단순한 반복이 아니다. 늘 새롭게 보여주는 끝없는 사랑의 표시다.

그래서 우리는 몇 번이고 다시 읽는다.

이제 아이는 낮 동안의 일 따위는 안중에도 없다. 우리는 마침내 하나가 되어 여기에, 아니 여기 아닌 **다른 어느 곳**에 있다. 아이는 자기와 책과 우리가 (순서 따위는 아무래도 좋다. 아이의 그 모든 행복감은 정확하게, 환상적인 팀워크를 이루어내는 이 삼박자 중에서 무엇이 우선하는지 순위를 정할 수 없다는 사실에서 비롯하므로!) 어우러져 이루어내는 그 신비스러운 일체감을 되찾은 것이다.

그리하여 마침내 독자만이 누릴 수 있는 즐거움의 참맛을 알게 된 아이가 어느덧 이야기에 싫증을 내고 다른 이야기를 해달라고 조를 때까지, 우리는 읽고 또 읽는다.

상상의 세계로 들어가는 문이 활짝 열리기까지 얼마나 걸렸던가? 길어야 며칠 저녁, 아니 그보다 좀더 오래 걸렸다고 치자. 그래도 어쨌든 해볼 만한 시도였다. 이제 아이에게는 온갖 이야기가 무궁무진 펼쳐지는 상상의 세계가 다시 새롭게 열린 것이다.

그러는 사이에 학교 진도는 벌써 저만큼 앞서 있다. 하지만 아이가 아무런 진전의 기미를 보이지 않고 아직도 여전히 교과서를 더듬거리며 읽는다 한들, 조바심 낼 필요는 없다. 우리가 아이에게 시간 재촉을 포기하는 그 순간부터, 시간은 늘 우리와 함께할 터이기 때문이다.

그 요원해 보이기만 하던 '진전'이 마침내, 전혀 예기치 못한 순간에 엉뚱한 곳에서 나타나기 시작한다.

어느 날 저녁 책을 읽다가 무심코 한 줄을 건너뛰자, 느닷없이 아이의 외침이 들린다.

"아이참, 한 줄 빼먹었잖아!"

"뭐라고?"

"한 줄을 안 읽고 그냥 넘어갔다니까!"

"어라, 그럴 리가 없는데……"

"책 이리 줘봐!"

아이는 책을 빼앗아 들고는 손가락으로 대뜸 건너뛴 대목을 가리킨다. **그러고는 크게 소리 내어 읽는 것이 아닌가!**

아이의 진전을 보여주는 첫번째 신호다.

그 후로 이런 일은 부쩍 잦아진다. 아이는 곧잘 책 읽는 중간중간에 끼어든다.

"그거 어떻게 쓰는데?"

"뭐 말이야?"

"선사 시대."

"선-스-아……"

"앗, 찾았다! 이거지, 맞지?"

그렇다고 착각은 금물이다. 부쩍 늘어난 이 같은 호기심은 물론 장래가 촉망되는 연금술사로서의 언어적 관심일 수도 있겠지만, 그보다는 어떻게든 저녁 시간을 늘려보고 싶다는 아이의 간절한 바람일 수도 있다.

(기꺼이 연장, 또 연장……)

그러던 어느 날 저녁에 드디어 아이가 선포를 한다.

"나도 같이 읽을 테야."

아이는 우리의 어깨 너머로 머리를 디밀고 우리가 읽어주던 대목을 눈으로 확인하려 들든지,

아니면 "내가 먼저 읽을래!" 하면서,

대뜸 첫머리를 읽기 시작한다.

제 딴에는 애를 쓰며 읽느라 가쁜 숨을 몰아쉬지만……
그럭저럭 아이는 곧 숨을 고르며 침착함을 되찾고는, 겁 없이 또박또박 읽어나간다. 그러곤 읽기에 익숙해져 갈수록, 읽기에 적극적이 된다.

"오늘 저녁엔 내가 읽을래!"

물론 처음엔 늘 지난밤과 똑같은 구절로 시작하기 마련이지만 — 반복의 효과 — 이내 다음 구절로 넘어가거나, '좋아하는 대목'만을 골라서 읽는 단계를 거쳐, 책 전체를 처음부터 끝까지 단숨에 읽을 수 있게 된다. 아이는 외우다시피

한 이야기를 단순히 읽어 내려가는 것에 그치는 게 아니라 **눈으로 확인하는 것**이며, 결국 바로 그 확인하는 즐거움 때문에 책을 읽는 것이다. 그러다가 어느샌가 우리는 『술래잡기 이야기』*를 무릎 위에 펼쳐놓고, 델핀과 마리네트와 함께 농장의 동물들을 열심히 그리고 있는 아이의 모습을 불쑥 마주하게 된다.

아이가 엄마라는 글자를 맞혔다는 사실에 기뻐 어쩔 줄을 모르던 때가 불과 몇 달 전이다. 그런데 이제는 무성한 글자와 단어의 숲에서 홀연히 한 편의 이야기가 아이 앞에 펼쳐지고 있는 것이다. 이제 아이는 자신이 읽은 책들의 주인공이 되었다. 아득한 옛날에 이미 작가가 모든 권한을 위임해 놓았던 바로 그 주인공이 되어, 아이는 이야기의 줄거리 속에 갇혀 있던 인물들을 풀어주고, 이야기 속의 인물들은 아이를 자질구레한 일상사에서 벗어나게 해준다.

자, 드디어 우리가 바라던 소기의 목적을 달성했다.

혹시 아이에게 마지막으로 한 번 더 선심을 베풀고 싶다면, 아이가 우리에게 책을 읽어주는 동안 느긋이 잠들어버리면 그만이다.

---

* 프랑스 작가 마르셀 에메(1902~1967)의 동화집. 농장에 사는 델핀과 마리네트라는 자매가 주인공이다.

24

어른들은 저녁나절, 한참 흥미진진한 이야기에 빠져 있는 아이를 결코 납득시킬 수 없을 것이다. 이제 그만 책을 읽고 자야만 하는 이유를 강변하는 어른들만의 논리를 아이는 결코 납득할 수 없을 것이다.

평생 저녁마다 장부의 수지 타산을 맞추는 일만 한 아버지를 뒀던 프란츠 카프카는 어린 시절, 이렇게 썼다.

책을 읽어야 한다

── 신성불가침의 원칙

25

어느새 다 자라서 2층 제 방에 틀어박힌 아이가 여전히 문제이긴 하다.

다 자랐다 해도 '책들'과 친해질 필요는 있으니까!

텔레비전도 꺼지고 부모님도 잠이 들어 텅 비어버린 듯한 적막한 집에 아이만이 홀로 남아…… 여전히 48페이지를 펼쳐 들고 있다.

내일까지 제출해야 할 '독후감 과제'……

내일까지라면……

머릿속으로 셈을 해본다.

446-48=398.

오늘 밤 안으로 398페이지를 다 읽어야 한다는 계산이다!

아이는 다시 마음을 다잡고 읽기 시작한다. 한 페이지, 한 페이지가 엿가락처럼 늘어난다. '책' 속의 낱말들이 워크맨의 이어폰 사이에서 춤을 춘다. 아무런 감흥도 없다. 한 자한 자가 납덩이처럼 무겁기만 하다. 낱말들이 안락사를 당하는 말처럼 차례로 쓰러져간다. 전열을 가다듬는 드럼 연주도 죽어가는 낱말들을 소생시키기엔 역부족이다. (설령 드럼 연주자가 그 유명한 켄들일지라도!) 낱말들은 의미를 반납하고 평이한 글자들의 세계로 돌아갔다. 낱말들이 눈앞에서 무참히 쓰러져가건만 아이는 겁날 게 없다. 오직 앞으로의 전진만이 있을 뿐이다. 읽는 것만이 자신에게 유일하게 주어진 당면 과제이자 의무이므로. 62페이지, 63페이지.

아이는 읽고 있다.

무엇을?

에마 보바리의 이야기를.

책을 너무 많이 읽었던 어느 여자의 이야기를.

한때 에마는 『폴과 비르지니』를 읽고, 작은 대나무 집과 흑인 하인 도밍고, 그리고 충견 피델을 마음속에 그려보곤 했다. 그 가운데서도 특히 그녀를 사로잡았던 것은 교회 종탑보다 높은 나무에 올라가 붉은빛이 도는 과일을 따다 주고, 맨발로 모래 위를 달려 새 둥지를 찾아주는 마음씨 착한 동생 같은 폴과의 훈훈한 우정이었다.

좋은 수가 있다. 티에리나 스테파니에게 전화해서 내일 아침 독후감 노트를 빌려달라고 해야겠다. 수업이 시작되기 전에 아무도 모르게 감쪽같이 베끼고 후딱 돌려주면 될 테니까. 노트 정도는 빌려줄 수 있는 게 바로 훈훈한 우정 아니던가.

에마 보바리가 열세 살 되던 해에 아버지는 그녀를 수
녀원에 보내기 위해 도시로 데려갔다. 부녀는 생제르베
거리에 있는 여인숙에 묵었다. 그곳에서 그들은 저녁으
로 라 발리에르 부인의 일대기가 그려진 접시에 담겨 나
온 요리assiette를 먹었다. 그림을 설명해주는 글귀들은 손
님들의 칼질로 군데군데 지워져 있었으나, 모두가 신앙과
섬세한 마음과 궁정의 영화로움을 기리는 내용이었다.

"두 사람은…… 라 발리에르 부인의 일대기가 그려진 접
시assiette를 먹었다"*라는 대목에서 슬며시 짓궂은 미소가 비
어져 나온다. "그렇다면 여인숙 주인이 두 사람에게 빈 접
시를 먹으라고 내놓았다는 말이야? 두 사람에게 라 발리에
르 부인의 일대기를 차려놓고 쪼아 먹으라고 했다는 거야
뭐야?" 아이는 제법 거들먹거리는 어조로 이죽거린다. 지금
읽고 있는 이런 이야기가 도대체 자기와 무슨 상관인가 싶
다. 당치도 않은 트집이지만, 아이의 빈정거림은 나름대로
정확하게 의표를 찌르고 있는 셈이다. 왜냐하면 아이와 에

* 프랑스어 'assiette'라는 단어는 영어의 'dish'같이, '접시'와 '접시에 담긴 요
리'라는 두 가지 뜻으로 해석될 수 있다.

마 보바리의 불행은 정확하게 서로 대칭을 이루기 때문이다. 즉 에마는 접시를 책 보듯이 들여다볼 수 있었던 반면에 아이는 책을 무슨 접시 보듯 한다는 점에서 말이다.

26

한편 고등학교에서는(요즘 한창 청소년 사이에서 인기를 끌고 있는 벨기에 만화에 곧잘 나오는 어투로), 부모들이……

"선생님도 아시다시피 저희 아이가요…… 워낙 책을……"

국어 교사도 이미 그 정도는 파악하고 있다. 문제의 학생이 '책읽기를 좋아하지 않는다'는 사실을.

"어렸을 때는 책을 참 많이 읽던 아이였는데…… 영문을 모르겠어요. 정말 책벌레였어요. 안 그래요, 여보? 걔가 좀 책벌레였냐고요."

남편도 곁에서 열심히 거든다. 엄청 '책벌레였다'고.

"말이 나왔으니 하는 말인데, 우리는 아이에게 텔레비전도 보지 못하게 했었어요."

(늘 똑같은 결론이다. 텔레비전 절대 금지. 이 또한 익히 알고 있던 교육 수법이다! 말을 어물쩍 딴 곳으로 돌리면서 문제를 대충 넘기려는 것이다.)

"정말이에요. 학기 중에 텔레비전이라니요. 우리는 어떻게든 그 원칙만은 철저히 지키는 편이지요!"

텔레비전은 볼 수 없다. 대신에 대여섯 시간의 피아노 레슨, 예닐곱 시간의 기타 강습, 수요일에는 무용을, 토요일에는 유도, 테니스, 펜싱을. 첫눈이 내리기 시작하면 스키, 햇살이 뜨거워지기 시작하면 요트, 비 오는 날에는 도예, 그리고 영국 여행, 리듬 체조……

아이에게 자신을 돌아볼 기회라곤 단 15분도 주어지지 않는다.

야망을 가져라!

권태를 떨쳐버려라!

허나 그 끔찍하고……

지겨운 권태가……

바로 온갖 창조를 가능케 할지니……

"저희는 절대로 아이가 쓸데없이 빈둥거리는 일은 없도록 하지요."

(불쌍한 아이……)

"글쎄, 어떻게 말씀드려야 할까요? 아이의 교육에 만전을 기하려고 저희 나름대로는 최선을 다했는데……"

"여보, 나 같으면 차라리 교육의 **효율성**을 늘 염두에 두었다고 말씀드리겠어요."

"그렇지 않고서야 부모가 있을 필요가 없지요."

"다행히도 아이의 수학 성적은 그럭저럭 따라가는 편인데……"

"확실히 국어가 좀……"

칼레의 시민*처럼 자존심을 다 팽개친 채, 실패를 자인하는 백기를 펼쳐 들고 국어 교사를 찾아가는 우리의 노력이 참으로 불쌍하고, 가상하고, 장렬하기까지 하다. 우리의 교육관을 경청하며 연신 동감을 표하던 교사는 어쩜 잠시 즐거운 착각에 빠질지도 모를 일이다. 오랜 교직 생활 끝에 혹시 처음이자 마지막으로 헛된 기대를 품어봄 직도 하건만…… 결코 그런 일은 일어나지 않는다.

"그런데 선생님이 생각하시기에, 국어 한 과목에서 낙제했다고 해서 설마 유급까지 되진 않겠죠?"

---

* 백년전쟁 중 1347년 프랑스 칼레시가 영국군에 함락되었을 때, 칼레 시민 여섯 명이 영국 왕 에드워드 3세 앞에 출두하여 다른 시민을 구하였다는 일화로, 로댕의 조각 작품으로 더욱 유명해졌다.

27

그리하여 당면한 저마다의 인생이 펼쳐진다. 아이는 독후감 노트의 암거래로, 우리는 아이의 유급에 대한 노이로제로, 국어 교사는 자신의 과목이 형편없이 무시당하고 있는 현실로 인해 전전긍긍하면서…… 아무튼 책 만세!

28

교사들은 한순간에 늙어버린다. 딱히 교직이라는 일 자체 때문에 그렇다고는 할 수 없다. 문제는 너무도 많은 부모가 늘어놓는 너무도 많은 아이 이야기를 — 곁들여 부모 자신들의 이야기까지도 — 들어야만 한다는 데 있다. 저마다 한 보따리씩 쏟아놓는 구구절절한 그들의 인생사며 이혼사, 가족사를 일일이 귀담아들어야 하는 일이 교사를 지치게 하는 것이다. 유아기의 병치레에서부터 부모의 통제를 벗어난 사춘기 증후들, 금지옥엽 같던 딸아이와의 소원해진 관계에 이르기까지, 거기에 눈물 어린 실패담과 호쾌한 성공담도 빠지지 않는다. 게다가 하고많은 잡다한 문제에 대한 학부모들의 의견은 또 얼마나 분분한가. 그러나 단 한 가지 주제에 관해서만은 그 많은 학부모가 일제히 한목소리를 낸다. 바로 책을 읽어야 할 필요성, 책을 읽어야 한다는 절대적인 필요성이다.

그것은 교리다.

더러는 책은 전혀 읽지 않지만 그 사실을 몹시 부끄러워

책을 읽어야 한다   87

하는 부모가 있다. 그런가 하면 책을 읽을 시간이 없어서 안타까워하는 부모도 있다. 또 소설은 읽지 않지만, **실용서**나 수필, 기술 서적, 전기나 역사책은 읽는다는 부모가 있는가 하면, 눈을 번뜩여가며 아무거나 닥치는 대로 책을 탐독한다는 부모도 있다. '세월의 검증보다 더 정확한 비평은 없다'라는 신조 아래 고전만을 섭렵한다는 부모가 있는가 하면, 중년에 이르러 읽었던 책들을 다시 펼쳐 드는 부모, 세상 돌아가는 형편을 알고자 주로 최신간을 찾아 읽는다는 부모도 있다.

어쨌든 책을 읽어야 한다는 필요성에는 모두 이론의 여지가 없다.

그것은 교리다.

그중에는 지금은 책을 읽지 않지만, 예전에는 닥치는 대로 책을 읽었다고, 다만 그 뒤로 공부를 놓아버렸을 뿐이라고, 그래도 혼자 힘으로 여봐란듯이 성공을 이루어냈다고 호언하는 부모도 있다. (누구의 도움도 받지 않은 이른바 자수성가형 인물이다.) 그런데 그다지 책 읽을 필요성을 느끼지 못하는 이런 유형의 부모마저도, 그래도 책은 한때 자신에게 '꼭 있어야만 하는, 없어서는 안 될' 아주 유익한 것이었다는 점만은 기꺼이 인정한다.

"아무튼 이 녀석도 그 점만은 분명히 알고 있어야 할 텐데 말입니다!"

책을 읽어야 한다는 것은 누구나 철석같이 지켜야 할 교리이자 철칙이다.

29

'아이'도 독서의 필요성은 잘 알고 있다. 그 점에 대해서는 한시도 의문을 품어본 적이 없다. 적어도 아이가 제출한 논술 내용을 액면 그대로 받아들인다면 그렇다.

주제: 귀스타브 플로베르가 연인 루이즈 콜레에게 보낸 편지에 썼던, "살고자 한다면 책을 읽으시오!"라는 단언을 어떻게 생각하는가.

아이는 플로베르의 생각에 전적으로 동의한다. 아이뿐만 아니라, 남학생이든 여학생이든 반 아이들 전체가 그러하다. 다들 '플로베르 말이 백번 맞다!'라는 결론이다. 만장일치. 제출된 서른다섯 장의 과제물이 약속이라도 한 듯 한결같은 논지다. 책을 읽어야 한다. 살아가려면 책을 읽어야 한다. 짐승이나 야만인, 일자무식의 무뢰한, 광포한 광신도, 자기도취에 빠진 독재자, 탐욕스러운 배금주의자가 되지 않으려면 책을 읽어야 한다. 그것이 바로 독서의 절대적 필요

성이다. 그러니 책은 읽어야 한다! 기필코 읽어야 한다! 왜
냐하면……

- 배우기 위해서.
- 공부를 잘하기 위해서.
- 지식을 쌓기 위해서.
- 우리 인간이 어디서 왔는지 알기 위해서.
- 우리 인간이 어떤 존재인지 알기 위해서.
- 타인을 보다 잘 이해하기 위해서.
- 우리 인간이 어디로 가는지 알기 위해서.
- 과거의 기억을 간직하기 위해서.
- 현재의 우리를 직시하기 위해서.
- 지난 시대의 경험을 활용하기 위해서.
- 선조들의 잘못을 되풀이하지 않기 위해서.
- 시간을 절약하기 위해서.
- 자신에게서 벗어나기 위해서.
- 삶의 의미를 찾기 위해서.
- 우리의 문명을 이루고 있는 근원을 파악하기 위해서.
- 끝없는 호기심을 일깨우기 위해서.
- 기분 전환을 위해서.
- 교양을 쌓기 위해서.
- 서로의 생각을 교환하기 위해서.

• 비판 정신을 기르기 위해서.

교사는 아이들이 제출한 과제물을 하나하나 채점해간다. '매우 우수, 우수, 양호, 보통'이라든가 아니면 '논지가 뚜렷하다, 흥미롭다, 맞는 말이다, 정확한 지적이다'라는 등…… 그러나 실은 하나같이 천편일률적인 내용에 "이제 그만!" 하고 냅다 소리라도 지르고 싶은 심정을 꾹꾹 눌러 참는 중이다. 아침에 복도에서 스테파니의 노트를 부랴부랴 베끼고 있던 한 아이를 이미 보지 않았던가. 그런대로 읽어줄 만한 글에서조차 간간이 눈에 띄는, 전체 문맥과 전혀 어울리지 않는 인용문은 대개 사전에서 적당히 끌어다 붙인 것임을 오랜 경험으로 알고 있다. 분명히 "여러분 자신의 경험에서 나온 예를 드시오"라고 그렇게 일렀건만, 아이들이 제시한 예시는 다른 사람의 글에서 베꼈다는 것을 한눈에도 알 수 있다. 다음번에 읽어야 할 소설 제목을 일러주던 순간 학생들 입에서 일제히 터져 나오던 원성이 아직도 귓가에 쟁쟁한 듯하다.

"뭐라고요? 2주일 동안 400페이지를요? 말도 안 돼요, 선생님!"

"곧 수학 시험이 있는데요."

"게다가 다음 주까지 사회 과목 과제물도 내야 해요."

더욱이 한창 사춘기에 접어든 마티외, 레일라, 브리지트,

카멜, 세드리크 같은 아이들에게 텔레비전이 얼마나 막강한 영향력을 발휘하고 있는지는 교사도 모르는 바가 아니다. 하지만 그 아이들의 과제물에도 예외 없이 "텔레비전은 독서를 방해하는 제1의 적이다. 생각해보면 영화도 마찬가지다. 영화나 텔레비전은 무기력한 수동성을 전제하기 때문이다. 반면 독서는 모든 것을 떠맡는 적극적 행위다"라는 주장이 담겨 있다. 교사는 빨간 펜으로 묵묵히 동의를 표한다. (매우 우수!)

그러면서도 순간 교사는 잠시 펜을 내려놓고, 몽상에 빠진 학생처럼 먼 산을 바라보며 생각에 잠긴다. 적어도 그에게 몇몇 영화는 원작을 읽었을 때의 느낌이 전혀 떠오르지 않았다. 「사냥꾼의 밤」 「아마르코드」* 「맨해튼」 「전망 좋은 방」 「바베트의 만찬」 「화니와 알렉산더」 같은 영화는 몇 번이나 다시 '읽었던가'! 그 영화들의 영상에는 무언가 기호의 신비가 담겨 있는 듯했다. 물론 이는 무슨 거창한 전문가적 입장에서의 견해는 아니다. 자신은 영화 구성 기법이며 영화 애호가들의 전문 용어에 전혀 문외한이 아니던가. 다만 그렇게 느꼈을 뿐이다. 자신이 보기에도 그 영상들은 파내도 파내도 고갈되지 않을 듯한, 해석을 달리할 때마다 매번

---

* 이탈리아 영화감독 페데리코 펠리니(1920~1993)의 1973년 작. 우리나라에는 '나는 기억한다'라는 제목으로 소개되었다.

새롭게 다가오는 의미를 전하고 있음을 확연히 느낄 수 있었다. 때론 텔레비전의 영상조차 그랬다. 언젠가 「모든 사람을 위한 독서」라는 프로그램에 나온 바슐라르의 만년의 모습, 「아포스트로프」*에 출연했던 장켈레비치의 타래 머리, 베를루스코니가 이끄는 밀라노 축구팀과의 경기에서 파펭이 멋지게 골을 넣는 장면……

어느새 시간이 이렇게 되었나 싶다. 생각을 추스르고 교사는 다시 아이들의 과제물을 들여다보기 시작한다. (한낱 과제물 채점자에 지나지 않는 교사의 고독감을 그 누가 알겠는가?) 몇 장을 채 넘기기도 전에, 어느새 눈에 익은 낱말이 태반이다. 그렇고 그런 논지가 계속 반복되는 상황이다. 울컥 짜증이 치민다. 마치 반 아이들 모두가 그에게 무슨 경전이라도 읊어대고 있는 듯하다. 책을 읽어야 한다. 책을 읽어야 한다!라고. 눈에 들어오는 한 문장 한 문장이 전혀 책을 읽지 않는다는 사실을 뻔히 드러내고 있는데도, **읽어야 한다**니……! 그것은 끝없이 반복될 뿐인 공허한 교육적 구호에 지나지 않는다!

* 1975~1990년에 방송된 프랑스 최장의 독서 토론 프로그램.

30

"그런데 당신 표정이 왜 그래? 학생들은 다들 당신이 바라는 대로 써왔잖아!"

"바라다니, 무슨 얘기야?"

"책을 읽어야 한다는 원칙! 그건 그야말로 교리와 같은 거잖아! 어쨌든 당신이 이단을 잡아내서 화형에 처하려고 아이들 과제물을 한 뭉치나 거둬들인 건 아닐 거 아냐!"

"내가 바라는 건 아이들이 워크맨을 던져버리고 진정으로 책을 읽기 시작하는 것이야!"

"천만에…… 당신이 원하는 건 그게 아닐걸. **당신이 아이들에게 기대한 건**, 당신이 정해준 소설을 읽고 그럴듯한 독후감을 쓰는 것, 당신이 골라준 시를 정확하게 '해석'하는 거 아니야? 그래서 대학 입학 자격시험에 학생들이 당신이 뽑아준 예상 문제 중에서 나온 텍스트를 능숙하게 분석해서 적절히 '설명'하거나, 당일 아침 시험관이 학생들의 코앞에 들이미는 문안을 칼같이 '요약'하기를 바라는 거잖아. 시험관도, 당신도, 부모도, 특별히 아이들이 책을 읽었으면 하고 바라는 건 아니잖아? 뭐 그렇다고 딱히 책을 읽지 않기를 바라는 것도 아니지만 말이야. 바라는 것이라곤 어떻게든 아이가 공부를 잘해서 좋은 점수를 받는 일이지! 어른들은 성적 외에는 아무런 관심도 없다고. 플로베르도 마찬가지였을걸. 책 읽는 일 말고도 중요한 일이 어디 한두 가지였겠어! 플로베르가 루이즈에게 책을 보냈던 건, 그녀가 더는 자신을 귀찮게 하지 말고 조용히 보바리 부인에 전념할 수 있게 내버려 두었으면 하는 생각에서였지. 게다가 어느 날 갑자기 자기에게 아이라도 하나 덥석 안기지나 않을지 걱정스럽기도 했고. 자, 당신도 잘 알다시피, 그게 바로 플로베르의 본심이자 진실이었어. 플로베르가 루이즈에게 '책을 읽는 생활을 하시오'라고 했던 말에는 '내가 조용히 지낼 수 있게 당신은 책이나 읽구려'라는 속셈이 은연중에 담겨 있었다고. 그걸 학생들에게 말해주었어? 안 했지? 왜?"

아내가 웃는다. 그러곤 가만히 남편의 손을 잡는다.

"그게 바로 당신이 해야 할 일이야. 책을 사랑하고 숭배하는 마음은 입에서 입으로 전해지는 법이거든. 당신은 바로 그 책에 대한 사랑을 전도하는 대사제인 셈이야."

31

"나는 국가에서 제공하는 정규 교육 과정에는 아무런 흥미도 느낄 수가 없었다. 교과 내용이 실제보다 더 풍부하고 참신했다 해도, 보나마나 잔뜩 거드름만 피우는 바이에른 지방 선생들의 고리타분한 태도 때문에 내가 가장 좋아하는 과목마저 역겨워졌을 것이다."

"내가 지닌 문학적 소양은 전부 학교 밖에서 얻은 것이다."

"내가 기억하는 시인들의 목소리는 늘 그 시인을 알게 해준 이들의 목소리와 뒤섞여 있다. 독일 낭만주의 작품을 다시 들출 때마다 언제나 감동에 젖어 낭랑하게 읊조리던 미엘렌의 목소리가 귓가에 울리는 듯하다. 우리가 아직 혼자서 책을 읽지 못하던 어린 시절 내내, 미엘렌은 늘 우리에게 책을 읽어주곤 했다."

〔……〕

"그러면서도 우리는 그만 솔깃해져 '마법사'의 조용한 목소리에 가만히 귀를 기울이곤 했다…… 그는 러시아 작가들을 특히 좋아하여, 톨스토이의 『카자크 사람들』이라든가 그가 만년에 남긴, 너무도 천진하고 소박한 교훈을 담고 있는 우화를 우리에게 읽어주곤 했다…… 또 더러는 고골의 이야기들과, '우스운 이야기'라는 부제가 붙은 도스토옙스키의 기괴한 소극*을 들려주기도 했다."

〔……〕

"확실히 아버지의 서재에서 보냈던 행복했던 저녁 시간은 우리의 상상력과 호기심을 자극하기에 충분했다. 누구라도 문학의 마력에 빠져들어 문학이 가져다주는 마음의 위안을 경험하고 나면, 문학에 대해서 좀더 알고 싶다는 조바심이 솟구칠 것이다. 또 다른 '우스운 이야기'를, 지혜로 가득 찬 우화를, 굽이굽이 펼쳐지는 이야기를, 신비한 모험담을…… 그렇게 해서 우리는 스스로 책을 읽기 시작

---

* 제정 러시아의 소설가 도스토옙스키(1821~1881)의 작품 『분신』을 가리킨다.

했다.”

  ‘마법사’ 토마스 만과 ‘감동에 젖은 낭랑한 목소리’의 주인
공 미엘렌의 아들, 클라우스 만은 그의 책 『전환기』에서 위
와 같은 글을 남겼다.

32

모두 의견이 같다는 건 어쨌든 맥 빠지는 일이 아닐 수 없다. 읽기 지도에 대한 루소의 생각에서부터 바이에른 정부의 문학 교육에 대한 클라우스 만의 지적에 이르기까지, 또한 젊은 교사 아내의 냉소를 비롯하여 요즘 학생들의 장탄식에 이르기까지, 모두의 의견이 하나로 모아지는 듯하니 말이다. 즉 언제 어디서나 학교의 역할은 요령과 기술의 습득, 주석 달기의 의무에서 한 발짝도 벗어나지 못할 뿐만 아니라, 학교가 읽는 즐거움을 억압함으로써 책과 가까워질 수 있는 가장 즉각적인 통로를 단절시켰다는 것이다. 학교의 정규 교과 과정에서 즐거움을 기대할 수 없으며, 지식이란 그에 따르는 각고의 노력으로 얻어지는 결실일 수밖에 없다는 사실은 동서고금을 막론하고 만고의 진리인 모양이다.

일리 있는 말이다.

그럼에도 불구하고 이론의 여지는 있다.

학교는 즐거움의 장소는 아니다. 즐거움이란 어느 정도 무상성을 전제하기 때문이다. 학교는 반드시 거쳐야만 하는 지식 양성소로서, 그 지식은 노력을 통해서만 얻을 수 있다. 학교에서 가르치는 과목은 인식의 도구다. 교사는 저마다 자신이 맡고 있는 과목의 입문을 전담하는 선도자다. 그렇다고 일방적으로 교사에게만 아무런 대가도 따르지 않는 지식 연마의 무상적 측면을 앞세우라고 요구할 수는 없는 노릇이다. 어차피 수업 계획, 시험, 평가, 등급 나누기, 교과 과정, 진로 교육, 과목 분담에 이르기까지 그야말로 학교생활 전반이 하나같이 노동 시장과 전혀 다를 바 없는 경쟁성을 궁극적 목표로 삼고 있지 않은가.

어떤 학생이 어쩌다 수학에 대한 열정이 대단한 교사를 만났다고 가정하자. 그 교사는 학생들에게 마치 예술의 한 영역을 가르치듯 수학을 가르쳤다. 그렇게 하여 교사 자신에게서 뿜어져 나오는 열기와 활력으로 학생 모두가 수학을 사랑하게 되었고, 덕분에 고통스러운 노력은 즐거움으로 바뀌었다. 이 경우는 어쩌다 우연히 좋은 선생을 만났기 때문이지, 결코 학교 제도가 훌륭하기 때문은 아니다.

이차방정식을 통해서까지도 삶을 사랑하도록 만들 수 있는 것이야말로 우리 인간만이 지니는 특질이다. 하지만 교과 과정에 그런 생명력이 포함되었던 적은 한 번도 없다.

학교는 능력과 기능만을 필요로 한다.

삶은 다른 곳에 있다.

우리는 학교에서 읽기를 배운다.

하지만 책읽기를 좋아하는 법은……

33

정 그렇게 책을 읽어야만 한다면……

그렇다면 교사가 학생들에게 **독서를 강요**만 할 게 아니라, 혼자서만 누리고 있던 책 읽는 즐거움을 학생들과 함께 **나누기로** 돌연 마음을 먹는다면 어떨까?

그런데 독서의 즐거움, 행복한 책읽기란 과연 무엇일까?

새삼 우리 자신을 되돌아보게 하는 물음이 아닐 수 없다!

우선 이제까지의 정설과는 근본적으로 다른, 다음과 같은 사실을 인정해야만 한다. 이제까지 우리 인격을 형성해온 책읽기란 대개 **순응하고 따르는** 책읽기라기보다는, 무언가에 **반하고 맞서는** 책읽기였다. 즉 이제껏 우리는 마치 세상과 등지듯 현실을 거부하고 현실과 대립하기 위해 책을 읽어왔다. 그래서 때론 우리가 현실 도피자처럼 여겨지고 현실마저 우리가 탐닉하는 독서의 '매력'에 가려져 아득해지기도 하지만, 어디까지나 우리는 자신의 세계를 구축하는 일에 열중하고 있는 도망자, 새롭게 태어나고 있는 탈주자인 것이다.

모든 독서는 저마다 무언가에 대한 저항 행위다. 그리고 그 무언가란, 다름 아닌 우리가 처한 온갖 우연한 상황이다.

- 사회적 상황.
- 직업적 상황.
- 심리적 상황.
- 환경적 상황.
- 가족 상황.
- 가정 형편.
- 집단적 상황.
- 병리적 상황.
- 경제적 상황.
- 사상적 상황.
- 문화적 상황.
- 혹은 자기중심적 성향에 대해서.

제대로 된 독서는 우리 자신까지도 포함하여 이 모든 것으로부터 우리를 구원한다.

그리고 우리는 무엇보다도 죽음에 맞서 책을 읽는다.

이를테면 카프카는 잇속이 빤한 아버지의 바람을 거역하면서 책을 읽었고, 오코너는 "『백치』가 뭐냐? 그런 책만 읽다가 아예 너도 그 꼴이 될라"라고 하던 어머니의 비아냥을 들어가며 도스토옙스키를 읽었다. 티보데는 베르됭 전선의 참호 속에서 몽테뉴를 읽었고, 앙리 몽도르는 프랑스가 독일에 점령당했던 당시 암시장에서 구한 말라르메의 시를 탐독했다. 신문 기자 카우프만*은 베이루트 감옥에 갇혀 『전쟁과 평화』를 책장이 닳도록 읽고 또 읽었다. 그리고 발레리가 말했던 그 환자는 마취도 없이 수술을 받아야 했을 때, "사지가 찢기는 듯한 고통 속에서 자신이 좋아하는 시를 되뇜으로써 위안을 찾으며, 점점 기진해가는 기력과 인내를 가까스로나마 이어갈 수 있었다." 또한 교육에 있어서 일대 전환을 불러일으킴으로써 숱한 논문에 쓸거리를 만들어주었던 몽테스키외는 다음과 같이 술회했다. "나에겐 공부만이 세상의 모든 불쾌감을 떨쳐버릴 수 있는 최상의 치유책이었다. 한 시간 동안 책을 읽는 것만으로도 온갖 근심 걱정이 씻은 듯이 사라져버리곤 했다."

하지만 우리 주변의 일상에서도 이런 예는 허다하다. 억수같이 떨어지는 빗소리마저 잦아들게 만드는 책이라는 은신처, 귀를 때릴 듯한 전철의 진동음조차 아득하게 만드는,

* 장-폴 카우프만(1944~)은 프랑스 언론인이자 작가다. 1984년 한 프랑스 잡지의 외신 기자로 레바논에서 근무하던 중, 1985년 이슬람 테러 단체인 지하드에 의해 사회학자 미셸 쇠라와 함께 납치되었다. 그와 함께 베이루트에서 인질로 잡혀 있던 쇠라는 1986년 사망하고, 카우프만은 각계의 구명 운동을 통해 1988년 석방되었다.

책장에서 펼쳐지는 그 소리 없는 찬란함을 생각해보라. 비서는 짬짬이 책상 서랍 속에 감춰놓은 소설을 탐닉하고, 교사는 학생들이 시험을 치르는 동안 막간의 독서를 즐기며, 학생은 답안지를 백지로 비워둔 채 교실 한구석에서 흘낏거리며 책을 훔쳐보는 바로 그러한 독서 삼매경의 순간들을……

34

독서가 이처럼 은둔과 침묵을 요하는 일이라면, 문학을 가르치는 일은 오죽 어렵겠는가!

독서가 과연 의사소통의 행위일까? 이것 또한 말하기 좋아하는 사람들의 가벼운 농담 정도로나 봐줄 일이다! 대부분의 사람은 자신이 읽은 것에 대해 말이 없다. 책을 읽은 즐거움을, 우리는 누구에게도 드러내고 싶지 않은 자신만의 느낌으로 간직하고자 한다. 그것은 책에서 그다지 이야깃거리가 될 만한 내용을 찾지 못해서일 수도 있지만, 자신의 느낌을 발설하기 전에 시간을 두고 설익은 생각을 가다듬으며 농익도록 뜸을 들이느라 그럴 수도 있다. 그런 순간의 침묵은 우리 내면의 풍경을 드러낸다. 책을 다 읽었지만, 우리는 아직도 책 속에 있는 것이다. 책에 대한 생각만으로도 버거워 말하기를 거부하는 것이 차라리 속 편한 피신처로 여겨지는 것이다. 책은 거대한 외부 세계로부터 우리를 보호해준다. 책은 우리로 하여금 우연으로 가득 찬 일상사를 높은 곳에서 내려다볼 수 있게 해준다. 책을 읽었으되 우리는 말이 없다. 책을 읽었기 때문에 말이 없는 것이다. 몰래 숨어서 우릴 지켜보던 감시병이 튀어나와 "어때? 재미있어? 이해가 되니? 뭘 느꼈는지 얘기해봐!"라고 심문을 일삼는다고 해도 답변을 끌어낼 수는 없을 것이다.

때론 겸허함으로 말이 없을 수도 있다. 이른바 명망 있는 평론가의 뭔가 거들먹거리는 겸손이 아니라, 내적인 자각에서 우러나오는 겸허함이다. 흔히들 말하듯 이 한 권의 책으로, 혹은 이 작가로 인해 "내 인생이 바뀌었다"라고 토로할 수밖에 없는, 고통스러울 정도의 고독한 깨달음인 것이다.

그런가 하면 때론 또 다른 종류의 충격에 말문을 잃기도 한다. 날 이렇게 뒤흔들어놓은 책이 어째서 이제껏 세상의 흐름을 조금도 바꿔놓지 못했던가? 도스토옙스키가 『악령』을 쓴 지가 언젠데 어떻게 우리들의 세기는 조금도 달라지지 않고 예전 모습 그대로란 말인가? 인간이 이미 한참 전 표트르 베르호벤스키*와 같은 인물을 상상했음에도 폴 포트** 같은 작자가 어떻게 생겨난 것일까? 체호프가 『사할린 섬』을 썼음에도, 끔찍한 집단 수용소는 또 어떻게 생긴 걸까? 우리 시대의 불확실성을 적나라하게 비추던 카프카의 창백한 빛

---

* 도스토옙스키의 『악령』에 나오는 인물.
** 캄보디아의 급진 공산 정권 지도자. 그는 재임 기간 원리주의성 공산주의 노선을 따르는 무장 단체 크메르 루주를 이끌고 집단 농업화 정책을 시행하면서, 이른바 킬링필드라는 대학살을 주도한 인물로 악명이 높다.

은 과연 무엇을 밝혔던 걸까? 더구나 세상이 온통 공포로 뒤덮여 있을 당시, 누가 발터 베냐민의 말에 귀를 기울였는가? 모든 게 이루어졌을 때, 어째서 전 세계 인류는 앙텔름의 『인류』를 외면했던가? 그것만이 에볼리에서 붙잡힌 카를로 레비의 그리스도*를 구하는 유일한 길이었을 텐데……

책은 우리의 의식을 완전히 변화시킬 수 있을지는 몰라도 악화일로로 치닫는 세상을 그대로 방관할 수밖에 없다는 것, 바로 그 때문에 우리는 아무 말도 할 수가 없는 것이다.

그래서 우리는 침묵한다.

물론 문화의 힘을 침이 마르도록 강변하는 몇몇 언변가는 예외로 쳐야겠지만 말이다.

아! 그러고 보니 늘 화젯거리가 궁하기 마련인 별 볼 일 없는 사람들 간의 별 볼 일 없는 모임에서는 으레 독서가 대화를 이어주는 주제의 지위로 격상되곤 한다. 아니, 독서가 **의사소통**의 전략으로 전락했다고 해야 할지도! 책 속의 그 숱한 소리 없는 아우성과 고지식한 무상성이란 결국, 어느 덜떨어진 위인에게 내숭형 숙녀를 낚을 빌미가 되어줄 뿐이다. "혹시 셀린의 『밤 끝으로의 여행』을 읽어보셨어요?"

비록 이 정도로 심하지는 않을지라도 절망적이기는 마찬가지일 것이다.

* 카를로 레비의 소설 『그리스도는 에볼리에 머물렀다』를 가리킨다.

35

설사 독서가 **즉각적인** 의사소통의 행위는 아니라고 해도, **결국** 독서는 공유하는 대상이다. 하지만 그것은 오랫동안 시간을 들여가며 신중하게 선택된 공유다.

만약 우리가 책을 선택할 때 학교며 평론이며 온갖 형태의 광고를 통해서 접하게 된 목록을 참조했을 경우와, 아니면 ― 교육적 취지에서 선정된 권장 도서가 아닌 ― 친구나 연인 또는 가족 덕분에 책을 읽게 되는 경우, 결과는 자명하다. 대개의 경우 우리가 가장 감명 깊게 읽은 책은, 가장 가깝고 소중한 존재로부터 추천받은 책이다. 또한 책에 대한 느낌도 우선은 가장 소중한 이에게 먼저 전하게 된다. 그것은 아마도, 아니 확실히, 감정이란 원래 책읽기의 욕망처럼 무엇 무엇을 **더 좋아한다**는 속성을 갖기 때문일 것이다. 사랑한다는 것은 결국, 우리가 좋아하는 것을 우리가 좋아하는 이와 나누는 것이다. 그리고 이러한 나눔은 우리 스스로가 자유롭게 쌓아 올린 보이지 않는 요새에 자리 잡게 된다. 책과 친구들이 우리 안에 들어와 사는 것이다.

가까운 이가 우리에게 책을 한 권 읽으라며 주었을 경우, 우리가 책의 행간에서 맨 먼저 찾는 것은 바로 책을 준 그 사람이다. 그의 취향, 그가 굳이 이 책을 우리의 양손에 쥐여주었던 이유, 그와의 유대감을 불러일으킬 만한 증표를 찾으려 애쓰는 것이다. 그러다가 이내 책의 내용에 빠져들어, 정작 책에 빠져들게 만든 장본인은 잊고 만다. 아마도 이것이 바로 한 권의 문학 작품이 발하는 막강한 위력일 터이다. 일상마저도 까맣게 잊게 만드는……

하지만 몇 해가 지나고 나서 그 책을 문득 떠올릴 때면 책에 얽힌 또 다른 추억이 함께 묻어나기 마련이다. 책의 제목에 몇몇 얼굴이 겹쳐지는 것이다.

따지고 보면, 언제나 소중한 사람의 얼굴만 떠오르라는 법은 없다. (지극히 드문 일이겠지만) 어느 평론가나 선생님의 얼굴이 생각날 수도 있을 것이다.

나의 경우에는 내가 어렸을 때 「모든 사람을 위한 독서」라는 텔레비전 프로그램에 출연했던 피에르 뒤마예트의 눈빛이며 목소리, 그의 조용한 표정이 종종 생각난다. 누구보다도 독자를 존중하던 그 덕분에 나도 그러한 독자가 되고 싶다는 절절한 소망이 오늘날의 나를 만든 게 아닌가 싶다. 책에 대한 남다른 열정을 지녔던 뒤마예트 교수는 책에 관한 한 무한한 인내를 발휘하여 우리에게 사랑에 대한 환상을 심어주기까지 했다. 늘 자신이 제일 아끼는 책을 우리에게 읽으라고 추천했던 것으로 보아 그가 제자인 우리를 존중하고 좋아했음에 틀림없다는 환상 말이다!

36

장마리 지발은 시인 조르주 페로스의 전기에서, 시인이 가르쳤던 렌 대학의 여학생이 쓴 글을 인용했다.

화요일 아침, 페로스 교수가 강의실에 들어섰다. 녹이 슨 파란색 오토바이를 타고 추위와 바람을 뚫고 달려오느라 머리는 온통 헝클어져 있었다. 언제나 그렇듯 구부정한 어깨에 선원용 외투를 걸치고, 파이프를 입에 물거나 손에 들고 있었다. 그러고는 가방 속의 내용물을 책상 위에다 와르르 쏟아놓았다. 그것이 곧 그의 삶이었다.

그의 강의에서 깊은 감동을 받았던 당시의 여학생은 15년이 지난 지금 다시 페로스 교수 이야기를 하고 있다. 시선을 떨군 채 커피 잔을 들여다보며 미소 짓던 그녀는 한동안 생각에 잠기더니, 천천히 자신의 기억을 반추해낸다.

"그래요. 가방에서 쏟아져 나오던, 적어도 0.5톤은 나갈 듯한 묵직한 책들, 파이프며 담배, 『프랑스수아르』나 『레키

프」따위의 신문, 열쇠 꾸러미, 수첩, 청구서, 오토바이의 점화 플러그…… 그런 것들이 곧 그분의 삶이었지요. 그 잡동사니 속에서 책 한 권을 꺼내 드신 교수님은, 마치 우리의 갈증을 돋워주려는 듯 우리를 향해 한번 씨익 웃으시고는, 책을 읽기 시작하셨어요. 한 손은 주머니에 찔러 넣고, 마치 읽고 있는 그 책을 주시려는 듯 책을 든 다른 손을 우리 쪽으로 약간 내민 채, 강단을 서성이며 책을 읽곤 하셨지요. 사실 그렇게 읽어주시는 것 자체가 선물이나 다름없었어요. 그 대가로 교수님이 우리에게 요구한 건 아무것도 없었으니까요. 우리 가운데 누군가 하나둘씩 딴전을 피우기 시작할 때쯤이면, 교수님은 읽는 걸 잠시 멈추시고 한눈을 파는 학생을 바라보며 휘파람을 부셨어요. 딱히 나무라려는 게 아니었어요. 딴전 피우는 아이의 주의를 끄는 참으로 유쾌한 호출 방법이었지요. 그분은 잠시도 우리에게서 시선을 떼지 않으셨어요. 한창 열중하여 책을 읽는 와중에도, 책 너머로는 늘 우리를 주시하고 계셨어요. 맑고 우렁차면서도, 조금은 고즈넉하게 들리는 교수님 목소리가 교실을 가득 채웠어요. 원형 강의실, 극장, 아니 마르스 광장을 채우고도 남을 만큼 쩌렁쩌렁하면서도, 말꼬리 하나 허투루 얼버무리는 법 없이 또렷이 울리는 명확한 음성이었지요. 교수님은 분위기를 압도해가며 우리의 관심을 끌어모으는 재주를 타고나신 분 같았어요. 어떤 책이든 그 책의 울림을 그대로 전하는 천부적인 공명 상자였으니까요. 책의 현현, 아니 인간의 모습을 한 책이라고나 할까요. 그분의 책 읽는 소리를 들으면서 문득 우리는 그 모든 책이 **우리를 위해** 쓰였다는 사실을 깨닫게 되었어요. 이미 중고등학교 시절부터 신물 나게 들어왔던 장황한 문학 수업 덕분에 책과는 한참이나 멀어진 뒤에야 터득하게 된 뒤늦은 깨달음이었지요. 그렇다고 그분이 여느 교수님과는 다른, 뭔가 특별한 교수법을 가지고 계셨을까요? 천만에요. 오히려 어떤 면에서는 다른 교수님보다 강의하는 수고를 덜하신 셈이었죠. 단지 그분은 우리에게 문학을 조각조각 분석해가며 인색하게 떼어주시기보다는, 차고 넘치도록 후하게 나누어주셨던 거지요. 우리는 교수님이 읽으시는 것을 모두 이해할 수 있었어요. 그분의 음성보다 더 명확한 설명은 없었으니까요. 목소리만으로 작가의 의도를 헤아리고, 숨은 뜻을 찾아내고, 암시를 드러내고…… 거기에는 오해 따위가 끼어들 여지가 없었죠. 언젠가 교수님이 『이중의 변심』을 강독하시는 것을 들은 뒤로는, 전처럼 마리보식으로 부자연스러운 태를 부려가며 심층 분석극의 꼭두각시 같은 인물들에게 그럴듯한 핑크빛 연막을 씌우는 일 따위는 상상조차 할 수 없게 되었어요. 우리는 교수님의 정확한 목소리에 이끌려 무슨 실험실에 들어가 있는 듯했고, 교수님의 명징한 발성법을 따라가면서 마치 인물 하나하나를 낱낱이 해부하고 있는 듯한 느낌을 받았어요. 그렇다고 그분이 그런 식으로 작품에 자의적인 해석을 덧붙여서 마리보의 연극을 사드의 교두보로 삼았던 것은 아니었어요. 어쨌든 교수님이 낭독하시는 동안, 우리는 줄곧 아를르캥과 실비아*의 머릿속을 훤히 들여다보고 있는 듯한 느낌을 받았어요. 마치 우리가 교수님의 실험극을 보조하는 조수라도 된 듯한 기분이었지요.

교수님의 강의는 일주일에 한 시간씩이었어요. 그 한 시간은 뭐랄까, 마치 그분이 늘 오토바이 뒤에 매달고 다니시던 그 가방 같았어요. 갖고 있는 모든 것을 우르르 쏟아내는 이삿짐 보따리. 학년 말 교수님의 강의가 다 끝나고 난 뒤, 내게 남은 것을 하나하나 헤아려보았어요. 셰익스피어, 프루스트, 카프카, 비알라트, 스트린드베리, 키르케고르, 몰리에르, 베케트, 마리보, 발레리, 위스망스, 릴케, 바타유, 그라크, 아르들레, 세르반테스, 라클로, 시오랑, 체호프, 앙리 토마, 뷔토르…… 생각나는 대로 주워섬겨 보았지만, 기억나지 않는 이름도 많아요. 지난 10년 동안 그때 들은 작가의 10분의 1도 들어보지 못한 것 같아요!

그분은 우리에게 모든 것을 이야기해주셨고, 모든 것을 읽어주셨어요. **교수님은 우리 머릿속이 책으로 가득 찬 도서**

---

* 프랑스 극작가 피에르 드 마리보의 희곡 『이중의 변심』에 나오는 등장인물들.

관일 것이라고는 결코 생각지 않으셨으니까요. 허세 따위가 통할 여지가 없었지요. 완전 무지 상태였거든요. 그분은 우리를 아직 지적으로 채 성숙하지 못한, 그러므로 당연히 모든 것을 배워야 하는 대학 신입생 그대로의 모습으로 대해 주셨어요. 문화유산이라든가 기라성 같은 작가들에 얽힌 신성한 비밀 따위는 아무래도 좋았어요. 교수님의 강의를 들으면서, 문학 작품은 더 이상 하늘에서 떨어진 게 아니었어요. 그분은 땅에 흩어져 있는 작품들을 그러모아 우리에게 읽어주셨던 거예요. 그 모든 것이 우리 곁에서 삶을 이야기하고 있었어요. 처음 교수님의 강의를 들었을 때는 적잖이 실망했던 기억이 나요. 학교에서 이미 선생님들께 귀가 닳도록 들은 라퐁텐이니 몰리에르니…… 하는 대문호의 이야기를 꺼내셨으니까요. 우리가 익히 잘 알고 있다고 여기는, 그야말로 몇 안 되는 작가들이지요. 그런데 불과 한 시간 만에 그 거장들은 지금까지 학교에서 배웠던 그 성스러운 후광을 모두 잃어버리고, 없어서는 안 될 친숙하면서도 신비로운 존재로 우리에게 성큼 다가왔어요. 페로스 교수님이 작가들을 다시 살아나게 한 거예요. 일어나 걸을지어다 하고 말이죠. 그렇게 해서 아폴리네르에서 졸라까지, 브레히트에서 오스카 와일드까지, 모두가 생생한 모습으로 우리 교실을 찾아왔어요. 마치 학교 앞에 있는 카페 '미슈'에서 방금 나온 것처럼 말이에요. 때론 수업이 끝난 뒤 교수님이 그 카페에 가자고 제안하시기도 했어요. 친구 같은 선생님 노릇을 자청하셨던 건 아니에요. 그럴 위인이 못 되세요. 거기서도 그분 스스로가 일컫는 예의 그 '무지를 일깨우는 강의'를 고지식하게 계속할 따름이었지요. 그분과 함께 있으면, 문화니 교양이니 하는 것은 더 이상 국가적 신앙만큼이나 대단한 게 아니었어요. 카페 탁자도 얼마든지 그럴싸한 강단이 될 수 있었고요. 그분 얘기를 듣다 보면, 문화 신봉자의 대열에 끼고 싶다거나 지식의 허울로 그럴듯해 보이고 싶은 욕망이 씻은 듯이 사라지곤 했어요. 책을 읽고 싶은 욕구…… 그게 전부였죠. 교수님이 얘기를 마치고 나면, 우리는 렌이나 캥페르에 있는 책방을 샅샅이 뒤지고 다녔지요. 하지만 책을 읽으면 읽을수록 우리가 너무 아는 게 없다는 걸 느꼈어요. 마치 우리만이 무지의 해안에 홀로 남아 망망대해를 마주하고 있는 듯한 느낌이었어요. 하지만 그분과 함께 있을 때면, 망망대해에 몸을 던지는 일이 조금도 두렵지 않았어요. 우리는 썰렁한 말의 유희 속에서 허우적대느라 시간을 낭비하는 일 없이, 곧바로 책에 빠져들었어요. 우리 중에 몇 명이나 교사가 되었는지 모르겠지만…… 아마 그리 많지는 않을 거예요. 그건 참 애석한 일이에요. 교수님은 은연중에 우리에게 그 모든 것을 누구에겐가 꼭 전하고 싶다는 꽤 집요한 갈망을 심어주셨거든요. 그것도 온 산지사방에 전하고 싶다는 갈망을요. 교수님 자신은 교육 같은 것에 전혀 개의치 않는 분이셨지만, 종종 몽상에 잠기듯 순회 대학이 있으면 어떨까 하는 말을 농담처럼 내비치곤 하셨지요.

'이곳저곳 유람하듯이 말이야…… 바이마르에 가서 괴테도 다시 만나보고, 키르케고르의 아비와 함께 신에게 실컷 욕을 해대기도 하고, 넵스키 대로에서 『백야』를 만끽해보기도 하면서……'라고요."

37

"책을 읽는 것, 라자로의 부활, 언어의 대리석판을 들어 올리는 것."

— 조르주 페로스, 「초승달 모양의 해안」에서

38

페로스 교수는 지식을 주입하지 않았다. 그저 자신이 알고 있는 것을 내주었을 뿐이다. 그는 교수라기보다는 — 그 옛날 순례지 산티아고데콤포스텔라로 가는 길목에 있는 여인숙을 전전하면서 글을 읽지 못하는 순례자들에게 무훈시를 읊어주었던 언어의 곡예사 같은 — 음유 시인이었다.

모든 일에는 시작이 있어야 하므로 그는 해마다, 구비 문학으로 시작된 소설의 기원을 충실히 따르는 작은 모임을 이끌었다. 그의 목소리는 음유 시인처럼 **책을 읽을 줄 모르는** 청중을 향했다. 그는 그들의 눈을 뜨게 했고, 그들에게 불을 밝혀주었다. 그는 책의 길, 확실한 것이라곤 아무것도 없는 끝없는 순례의 여정, 인간이 인간에게 나아가는 도정으로 사람들을 이끌었다.

"무엇보다 중요한 것은 어떤 책이든 큰 소리로 읽어주셨다는 사실이에요! 교수님은 이해하고 싶은 우리의 열망에 단숨에 자신감을 심어주셨어요. 큰 소리로 책을 읽어주신 덕분에 우리는 책의 높이에 닿을 만큼 성장할 수 있었지요.

그분이야말로 우리에게 진정으로 책읽기를 **가르쳐주신** 분
이에요!"

39

이와는 달리, 요즘의 우리는 책을 읽었다는 것만으로도 책에 대한 지극한 사랑을 설파한다. 때로는 주석자, 해석가, 분석가, 비평가, 전기 작가, 해설자를 두루 자처하여 이루 다할 수 없는 극진한 찬사로 작품의 위대함을 증언한다. 그러나 그럴수록 작품들은 말이 없다. 워낙 우리의 역량이 차고 넘치다 보니, 어느샌가 우리의 말이 책 속의 말을 대신하게 된 것이다. 우리의 입을 통해 글 속의 지혜를 전하는 것이 아니라, 우리 자신의 지성이 글 속의 지혜까지 떠맡아 모든 것을 알아서 떠벌린다. 우리는 책이 보낸 은밀한 밀사가 아니라 굳은 서약 속에 사원을 지키는 문지기가 되었다. 우리는 사원의 문을 굳건히 닫아건 채, 사원의 신비와 경이를 찬탄해 마지않는다. "책을 읽어야 한다! 책을 읽어야 한다!"라는 구호를 마르고 닳도록 외쳐대면서.

40

책을 읽어야 한다는 말은 청소년들에게는 이른바 '논점 선취의 오류'로밖엔 들리지 않는다. 즉 논증부터 해야 할 명제를 전제로 내세우는 오류를 범하고 있는 것이다. 우리가 아무리 그럴듯한 논리를 내세운다 해도…… 그것은 어디까지나 우리의 '억지'일 뿐이다.

간혹 다른 경로로 책읽기의 즐거움을 알게 된 학생들은 앞으로도 계속 묵묵히 책을 읽을 것이다. 그중에서도 특히 지적 호기심이 왕성한 학생이라면 우리의 명쾌한 설명을 독서의 방향을 잡아주는 길잡이로 삼을 것이다.

'책을 읽지는 않지만' 그나마 지각이 있는 축에 속하는 학생이라면 우리처럼 대충 **뭉뚱그려 이야기하는 법**을 터득하게 될 것이다. 이를테면 그들은 부풀려 설명하는 기술(열 줄을 읽고도 열 페이지의 분량을 써낼 수 있다), 요령껏 압축하는 기술(400페이지를 읽고 5페이지로 요약할 수 있다), 적절한 인용구를 집어내는 기술(영리 추구의 귀재들이 운영하는 웬만한 서점에는 온갖 교양 도서의 개요를 정리해놓은 요약본

이 즐비하다)에 탁월하다. 뿐만 아니라 그들은 깊이가 없기는 하지만 그런대로 제법 조리 있는 분석의 칼을 들이댈 줄도 알며, 여기저기 인용된 '발췌문'을 끌어모아 짜깁기하는 기술도 가히 전문가 수준이다. 그들은 대학 입학시험이며 학사 과정을 무난히 통과한 뒤, 어쩌면 교수 자격시험까지도 그럭저럭 별 무리 없이 합격할 수 있을지도 모르겠다. 하지만 결코 책을 사랑하는 데 이르지는 못할 것이다.

또 다른 학생들은 어떤가.

그들은 책을 읽지 않는다. 핵심 내용이니 의미니 하는 말만 들어도 지레 겁을 낸다.

스스로 멍청하다고 생각하는 학생들.

책과는 아예 담을 쌓은 채……

무엇 하나 제대로 대답한 적도 없고……

머지않아 무얼 질문하는 일도 없게 되리라.

41

한번 상상해보자.

상상의 무대는 문학부 교수 자격시험장이다. 이른바 '강의 시연'이라 불리는, 주어진 논제에 자신의 노트를 참고해 답변하는 구술시험이 곧 치러지려 한다.

주어진 논제는 『보바리 부인』에 나타난 문학적 의식의 특징들'이다.

한 여학생 응시자가 책상에 앉아 있다. 그 위로 높은 단상에는 여섯 명의 심사위원이 자리해 있다. 상황이 상황이니만큼 다소 엄숙함을 과장하기 위해, 장소는 소르본 대학의 원형 대강의실이라고 하자. 수 세기 동안 곰삭은 세월의 내음, 낡고 묵은 나무들이 뿜어내는 거룩한 냄새, 그리고 깊은 정적만이 이곳을 거쳐간 수많은 학자의 고고한 학식을 말해주는 듯하다.

청중이라 해봤자 계단식으로 이어지는 강의실 뒷자리에 드문드문 흩어져 앉아 있는 부모나 친구들뿐이다. 겁에 질린 여학생의 심장 뛰는 소리가 그들에게까지 들리는 듯하다. 밑에서 올려다보는 심사위원들의 형상은 한없이 우러러 보이는 반면, 단상 아래에 앉아 있는 여학생은 아직 개봉되지 않은 시험 논제에 대한 공포로 납작 오그라든 모습이다.

나무 삐걱대는 소리, 조심스럽게 터져 나오는 밭은기침 소리만이 간간이 들려올 뿐이다. 시험을 치르기도 전에 벌써 영겁의 시간이 흐른 것만 같다.

여학생은 떨리는 손으로 자신의 노트를 제 앞에 가지런히 놓는다. 그러고는 자신에게 주어진 논제를 펼쳐 든다. '『보바리 부인』에 나타난 문학적 의식의 특징들.'

심사위원장(어차피 상상이니 위원장은 나이가 지긋하며, 붉은 법복을 걸치고 어깨에는 흰 띠를 두르고 있다고 하는 게 좋겠다. 게다가 그가 스패니얼종 개의 기다란 귀처럼 축 늘어진 가발까지 쓰고 있다면 깊이 파인 주름이 한결 도드라져 보이리라)은 오른쪽으로 몸을 기울여 옆에 앉은 동료의 가발을 들추고는 무어라 귀엣말을 한다. 옆자리의 교수(위원장보다는 다소 젊은 축에 속하는 혈기 왕성한 장년층의 학자로서, 똑같은 법복에 똑같은 머리 모양을 하고 있다)가 심각한 표정으로 고개를 끄덕인다. 그가 옆 동료에게 얘기를 전하는 사이, 심사위원장은 왼쪽에 배석한 심사위원에게도 똑같이 귀엣말을 한다. 마침내 단상의 양 끝까지 그럭저럭 합의가 이루어진 모양이다.

'『보바리 부인』에 나타난 문학적 의식의 특징들'이라니.

노트를 이리저리 뒤적이느라 머릿속이 온통 뒤죽박죽된 채 망연자실해 있는 여학생의 눈에 심사위원이 자리에서 일어나는 것이, 단상에서 내려오는 것이, 자기에게 다가오는 것이, 자기 주위에 빙 둘러서는 것이 보일 리 없다. 여학생은 생각을 가다듬느라 잠시 고개를 들었을 때에야 비로소 자신이 심사위원들의 시선에 완전히 포위되어 있다는 사실을 깨닫는다. 당연히 기겁해야 마땅하지만, 논제를 풀 수 없을지도 모른다는 두려움 때문에 여타의 두려움엔 미처 마음 쓸겨를이 없다. 그저, '아니 이 사람들이 왜 내 곁에서 이러고들 있지?' 하는 생각이 잠시 스쳤을 뿐이다. 여학생은 다시 자신의 노트를 뒤적인다. 문학적 의식의 특징들이라…… 자신이 구상해놓았던 그 논리 정연한 답변이 하나도 기억나질 않는다. 아, 그토록 명쾌한 답안을 생각해놓았건만! 아니 생각을 해보긴 한 거야? 나 공부한 거 맞아? 제발 어떻게든 답변할 수 있도록 뭔가 논거가 될 만한 참신한 관점을 제시해줄 사람 누구 없나요?

"학생……"

여학생은 심사위원장이 부르는 소리가 들리지 않는 모양이다. 여학생은 할 말을 생각해내려고 안간힘을 쓰지만, 머릿속이 온통 뒤죽박죽된 채 말의 행방은 묘연하기만 하다.

"학생……"

아무리 눈을 씻고 노트를 뒤져봐도 찾을 수가 없다. '『보바리 부인』에 나타난 문학적 의식의 특징들'을…… 자기가 익히 알고 있는 다른 건 다 나오는데 그것만 없다. 지금 당장 답변해야 하는 그것만.

"이봐요, 학생……"

아니, 방금 여학생 팔을 잡은 사람이 정말 심사위원장이란 말인가? (그런데 언제부터 심사위원장이 수험생의 팔을 잡게 되었다지?) 게다가 뜬금없이 이 어린애 같은 응석 조의 목소리는 또 무언가? 웬일로 좌중이 이토록 술렁이기 시작하는 걸까? (어느샌가 심사위원들이 각자 자기 의자를 들고 내려와 여학생 주위에 빙 둘러앉아 있다.) 마침내 여학생이 고개를 든다.

"학생, 정 모르겠으면 의식의 특징 따위는 그만두고……"

심사위원장과 위원들이 가발을 벗어 던진다. 모두 악동처럼 마구 헝클어진 머리에 눈을 동그랗게 뜨고 잔뜩 조바심을 내고 있다.

"학생……『보바리 부인』얘기나 해봐요."

"아니, 그럴 것 없이 차라리 학생이 좋아하는 소설을 말해보지 그래!"

"그래,『슬픈 카페의 노래』가 좋겠군! 보아하니 학생은 카슨 매컬러스를 아주 좋아할 것 같은데 어디 한번『슬픈 카페의 노래』이야기를 해봐요."

"아니면『클레브 공작부인』이라도. 학생 이야기를 듣다

보면 우리도 그 책을 다시 읽고 싶어질지 누가 알아?"

"우리가 책을 읽고 싶은 마음이 들도록 어디 한번 얘기해 보라고, 학생!"

"정말로 마음이 동하도록 말이야!"

"그럼 『아돌프』에 대해서 얘기해보지 그래!"

"『젊은 예술가의 초상』에서 안경에 관한 대목을 좀 들려주겠어요?"

"아, 카프카가 있었군! 하다못해 카프카의 일기에 나오는 아무 대목이라도……"

"스베보가 낫겠어! 『제노의 의식』 말이야!"

"『사라고사에서 발견된 원고』에 대해 얘기하는 건 어떨까?"

"아니면 학생이 좋아하는 책 중에서 아무거라도!"

"『페르디두르케』!"

"『바보들의 결탁』도 괜찮아요!"

"아, 시계는 볼 필요가 없어요. 아직 시간은 충분하니까!"

"제발……"

"얘길 좀 해봐요."

"학생……"

"뭐라도 좋으니까!"

"하다못해 『삼총사』라도……"

"그렇다면 『사과의 여왕』*은……"

130

"『쥘과 짐』은……"

"『찰리와 초콜릿 공장』이 좋겠군!"

"『모토르뒤의 왕자』**는 어때요?"

"『바실레』***로 하지!"

---

* 미국 작가 체스터 하임스(1909~1984)가 쓴 추리소설 『오각형 모양의 광
場 *The Five Cornered Square*』의 프랑스어 번역판 제목이다.
** 프랑스 작가 앙리에트 비쇼니에(1943~2018)의 동화.
*** 이탈리아 바로크 시대 동화 작가인 잠바티스타 바실레(1575~1632)의
이야기 모음집.

읽을거리를 주어라

42

학생이 서른다섯 명 정도 되는 한 학급이 있다고 하자. 그들은 그랑 제콜*의 높은 관문도 일사천리로 통과할 만큼 특별히 선발된 뛰어난 학생들이 아니라, 그 무리에 끼지 못한 학생들, 그러니까 성적이 대학 입학 자격시험의 합격권에 들 가망이 희박하거나 아예 전무한 까닭에 도심권의 고등학교들로부터 거부당한 학생들이다.**

신학기다.

그들은 이미 쓰라린 실패를 경험했다.

바로 이 학교라는 곳에서.

바로 이 선생님 앞에서.

말 그대로 '좌초'를 했다. 어제까지만 해도 옆자리에서 함

---

* 고급 전문인 양성을 위한 고등교육기관의 총칭.
** 프랑스에서 모든 중학교 졸업생은 국가 고사인 졸업 시험(DNB)을 본다. 고등학교 입학은 주거지 근처 배정을 원칙으로 하지만, 이 시험과 내신 성적에서 낮은 점수를 받은 학생은 도심권에 위치한 명문 국립 고등학교로 진학하기 어렵다.

께 배우던 친구들은 거대한 범선을 타고 '창창한 미래'를 향해 여봐란듯이 훌훌 떠나버렸건만, 그들은 그만 좌초하여 기슭까지 떠밀려 오고 만 것이다. 입시와 진로라는 거센 파도에 밀려난 낙오자 신세가 되어…… 그래서 해마다 신학기가 되면 으레 작성하기 마련인 개인 학생 기록부에 그들은 스스로에 대해 이렇게 기재한다.

성명 아무개, 생년월일은 모년 모월 모시……

기타 참고 사항:

"본인은 수학이 특히 부진하며……" "외국어에는 별로 취미가 없으며……" "집중력이 떨어지는 편이고……" "작문 실력은 형편없고……" "책을 읽으면 모르는 어휘가 너무나 많다(물론 원문 그대로를 인용했음)……" "물리 과목은 전혀 모르겠고……" "철자법이 늘 엉망인 데다가……" "역사는 그런대로 흥미가 있으나 연대를 잘 기억하지 못한다……" "본인이 생각하기에도 공부에 최선을 다하지 않으며……" "이해력 절대 부족……" "낙제 과목이 너무 많다……" "그림 그리기를 좋아하지만 재능이 부족한 것 같으며……" "학과 진도를 따라가기가 어려울 만큼……" "암기력이 떨어지며……" "기초 학습이 되어 있지 않으며……" "창의력도 없고……" "어휘력도 부족하다……"

이상 끝.

그들은 이렇게 자기소개를 마무리했다.

마치 살아보기도 전에 결딴난 인생들처럼.

물론 이 같은 신랄한 어조에는 다소 과장된 감이 없지 않다. 어쩌면 글의 형식 자체가 그런 신랄함을 요구하는지도 모르겠다. 개인 학생 기록부란 일기처럼 자기비판의 성격을 띠기 때문이다. 때문에 학생들은 본능적으로 자신을 깎아내리는 말부터 쓰게 된다. 모든 면에서 자신을 몰아세움으로써, 자신에게 주어지는 숱한 의무에서 면제받고자 하는 것이다. 어쩌면 학교가 앞장서서 학생들에게 이런 식의 숙명론적 무사안일주의를 가르쳤을지도 모른다. 사실 수학이나 철자법에 구제 불능임을 자처하는 것보다 속 편한 일은 없다. 조금이라도 나아질 가능성을 아예 차단함으로써, 노력에 따르는 온갖 불편함을 덜어보고자 하는 것이다. 그뿐이랴. 책에는 '너무 어려운 말이 많이 나온다'라고 실토하면, 어른들이 아예 책을 읽는 고충에서 벗어나게 해줄지 누가 알겠는가?

그렇지만 학생들 스스로가 써낸 학생 기록부가 그들의 실제 모습은 아니다. 더군다나 학생들이 쓴 자전적인 글을 읽고 형편없는 영화감독이 상상할 만한, 묵묵히 고개 숙인 열등생의 모습과도 거리가 멀다.

천만에. 그들은 시대에 걸맞은 아주 다양한 모습을 하고 있다. 로커처럼 펑키한 머리를 하고 가죽부츠를 신은 학생, 벌링턴이나 셰비뇽 같은 상표의 옷만 골라 입는 패션 귀족

주의자, 오토바이는 없지만 스타일만은 완벽한 바이크족을 지향하는 학생, 가족 성향에 맞게 머리를 길게 늘어뜨리거나, 구둣솔처럼 빳빳이 세운 학생…… 찢어진 청바지에 무릎까지 치렁치렁 내려오는 아버지 와이셔츠에 푹 파묻혀 다니는 여학생이 있는가 하면, 시칠리아의 미망인처럼 (속세와는 아예 연을 끊겠다는 듯이) 머리끝부터 발끝까지 까만색 일색인 여학생도 있다. 그런가 하면 그 옆에 앉은 금발 머리 여학생은 그야말로 심혈을 기울여 한껏 멋을 부렸다. 광고 포스터를 그대로 옮겨다 놓은 듯한 옷차림에 얼굴은 어찌나 공을 들였는지 잘 닦인 유리처럼 반짝거린다.

이하선염이며 홍역을 치른 지가 엊그제 같은데, 어느샌가 유행에 뒤질세라 또 열병을 앓는 나이가 된 것이다.

키는 또 다들 얼마나 훤칠한가! 선생 머리 위에 국그릇을 얹어놓고 먹어도 될 만큼 껑충하다! 남자아이들은 어쩌면 저렇게 다들 기골이 장대한지! 여자아이들은 또 얼마나 늘씬한지!

교사는 자신이 어렸을 때는 모든 게 막연했고…… 여의치 못했다는 생각이 든다. 자신은 전쟁 직후 날림으로 만들어진 조악한 상품과…… 마셜 플랜의 일환으로 공급되던 깡통 우유로…… 성장한 전후 세대가 아니던가. 그 시절 유럽이 폐허에서 재건되었던 것처럼, 자신도…… 재건되고 있었다.

덕분에 요즘 아이들은 이런 다양한 모습을 하고 있지 않은가.

건강하고 유행에 민감한 요즘 아이들을 보면 주눅이 들 만큼 성숙해 보인다. 머리 모양, 옷차림, 워크맨, 전자계산기, 자기들만의 언어, 자기중심적 태도를 보면 아이들이 어른보다 훨씬 더 시대에 잘 '적응'하고 있는 것이 아닌가 하는 생각이 든다. 가르치는 선생보다도 더 빈틈이 없다.

어떤 점에서 그렇다는 말인가?

단적으로 아이들의 수수께끼 같은 표정만 해도 그렇다.

아이들의 다 자란 듯한 태도보다 더 수수께끼 같은 것은 없으리라.

그나마 그동안의 연륜마저 없었다면, 교사는 마치 직설법 현재를 박탈당한 것만 같은 적잖은 소외감을 느꼈을지도 모를 일이다. 하지만 20여 년의 교직 생활 동안에 3천 명이 넘는 학생들을 가르치면서, 학생들이 변화하는 모습과 함께 유행이 변하는 것을, 아울러 지나간 유행이 결국엔 다시 돌아오는 것을 숱하게 보아왔다.

단 한 가지, 학생 스스로 작성한 기록부만큼은 오랜 세월에도 변함이 없다. 어떻게든 남보다 두드러져 보이고자 외모에 쏟아붓던 그 열정은 다 어디로 사라졌는지 '자취도 없다.' 저는 너무 게을러요. 저는 바보 같아요. 저는 제가 생각해도 참 한심해요. 노력해도 안 돼요. 저 때문에 공연히 마음 쓰지 마세요, 저는 희망이 없어요⋯⋯

한마디로 자신을 사랑하는 마음이 없다. 그리고 그렇다는 사실을 여전히 아이다운 맹목적인 확신을 가지고 열심히 강변한다.

결국 아이들은 두 세계에 살고 있다. 그러면서도 두 세계와 단절되어 있다. 아이들은 (탄복할 정도로!) 세련되고 '쿨'한데, 학교에서는 이런저런 이유를 들어 끊임없이 아이들을 괴롭히고 혹사시킨다. 아이들은 이제 어린아이가 아니다. 그들은 언젠가 어른이 되리라는 막연한 기대 속에서 끝없는 항해를 계속하고 있는 것이다.

아이들은 자유로워지기를 갈망한다. 그러면서도 한편으론 스스로 버림받았다고 생각한다.

43

물론 학생들은 책 읽는 걸 좋아하지 않는다. 책에는 모르는 말이 너무 많다. 페이지가 너무 많다. 한마디로 말해, 책이 너무 많다.

그것은 생각해볼 필요도 없는 분명한 사실이다.

"책 읽기 싫어하는 사람 손들어봐"라고 교사가 말했을 때, 무수히 올라오는 손만 보아도 알 수 있잖은가.

이렇게 만장일치에 가까운 경우라도 도발적인 예외는 있기 마련이다. 지극히 소수이긴 하지만 손을 들지 않은 부류는(온통 까만색으로 뒤집어쓴 예의 시칠리아 미망인을 포함하여), 그런 질문에 아예 관심이 없기 때문이다.

"좋아. 너희가 정 그렇게 책 읽는 걸 싫어한다면, 내가 대신 읽어주지." 교사가 말한다.

그러고는 대뜸 가방을 열고 책을 한 권 꺼내 든다. 엄청 두껍고 묵직해 보이는 데다가 표지마저 번쩍거린다. 다른 것도 아니고 책으로 이렇게 전대미문의 사건이 벌어지리라고 누군들 상상이나 했겠는가.

"다들 준비됐어?"

학생들은 제 눈과 귀를 의심한다. 아니 저 작자가 여기서 지금 **저걸 다** 읽겠다는 거야, 뭐야? 맙소사, 저걸 다 읽으려면 꼬박 1년은 걸리겠다! 모두 아연한 기색이다. 무슨 함정이 숨어 있는 건 아닌지 싶어 일말의 긴장감마저 돈다. 이런 일은 살다 살다 처음이다. 선생님이 한 학기 내내 책만 읽어주겠다니. 수업을 좀 편히 해보려는 게으른 교사의 잔꾀이거나, 아니면 무슨 딴 속셈이 숨어 있는 듯하다. 모두 경계하는 눈빛이다. 여차하면 허구한 날 단어 목록을 만들고, 죽어라 독후감을 써내야 할지도 모를 판이다.

학생들은 멀뚱멀뚱 서로를 바라볼 뿐이다. 그중 몇몇은 얼떨결에 책상 위에 노트를 펼쳐놓고 여차하면 받아쓸 기세로 볼펜을 꺼내 든다.

"아니, 필기는 필요 없어. 그저 열심히 듣기만 하면 돼."

그러자니 **자세**가 문제다. 교실에서 볼펜이나 노트라는 존재에 의탁하지 않고 어떻게 몸을 가누어야 할지가 난감한 것이다. 이런 상황에서는 어떻게 처신해야 자연스러워 보일 것인가?

"다들 편안하게 앉도록, 긴장 풀고."

(아니 농담하자는 건가, 긴장을 풀라니……) 결국 호기심을 참지 못하고, 펑키머리 가죽부츠가 마침내 질문을 한다.

"지금 우리에게 그 책을 **큰 소리로** 읽어주시겠다는 거예요?"

"작은 소리로 읽으면 네가 제대로 알아듣겠니?"

슬쩍 농담을 던져본다. 그렇다고 거기에 넘어갈 철부지 시칠리아 미망인이 아니다. 모두가 들을 수 있을 만큼 분명한 목소리로 내뱉는다.

"책 읽어줄 나이는 지났다고요."

다들 비슷한 생각이다. 특히 한 번도 누군가가 책을 읽어준 적이 없는 학생일수록 더욱더 그러한 선입견이 든다. 하지만 누군가가 읽어주는 이야기를 듣는 즐거움이란 나이와 상관이 없다는 사실을 아는 학생도 더러 있을 것이다.

"10분이 지난 후에도 그런 생각이 들거든 손을 들도록. 그러면 수업 방식을 바꿀 테니까, 됐지?"

"그런데 그건 무슨 책이에요?"

벌링턴이 심드렁한 어조로 묻는다.

"소설이야."

"무슨 내용인데요?"

"책을 읽기 전에는 뭐라고 말하기 어려워. 좋아. 준비됐지? 이제 질문은 그만하고 시작해볼까."

학생들은 뭔가 미심쩍은 표정들이지만 그래도 다들 마지못해 귀를 기울인다.

"제1장. 18세기 프랑스에 한 남자가 살고 있었다. 그는 그 시대에 가장 천재적이면서도 가장 혐오스러운 인물 가운데 하나였다. 아무리 그 시절이 혐오스러운 천재가 넘쳐나던 시대였다 하더라도 말이다……"

44

〔……〕

당시에는 우리 현대인들이 상상할 수 없을 정도로 도시 어디를 가나 악취가 진동했다. 거리에선 똥 냄새가, 뒷마당에선 오줌 냄새가, 계단참에서는 나무 썩는 냄새며 쥐똥 냄새가, 부엌에서는 배추 썩는 냄새와 역겨운 양고기 냄새가 코를 찔렀다. 환기가 안 된 집 안 거실에서는 으레 퀴퀴한 곰팡내가 났으며, 방에서는 눅진한 이불과 요강에서 새어 나오는 지린내가 배어 있기 마련이었다. 그런가 하면 굴뚝이란 굴뚝마다 유황 냄새를, 무두질 공장에서는 가죽 노린내를, 도살장에서는 엉겨 붙는 피비린내를 쉴 새 없이 뿜어 댔다. 사람들에게는 오랫동안 빨지 않은 옷에서 나는 땀 냄새, 썩은 이빨로 인한 구취, 트림과 함께 배 속에서 올라오는 시큼한 양파즙 냄새가 체취와 뒤섞여 스며 나왔고, 나이가 들면 거기에 치즈 노린내와 시큼한 우윳내, 곪아 터진 종기의 고름내까지 가세했다. 강에서도, 광장에서도, 성당에서도 악취가 났다. 악취는 다리 밑이건 궁전이건 가리지 않았다. 농부도 사제와 똑같은 고린내를 풍겼으며, 견습공도 주인마누라와 똑같은 냄새를 피워댔다. 귀족들의 악취는 아예 지위 고하를 막론하였고, 왕조차 예외가 아니었다. 왕에게서는 야수의 냄새가, 왕비에게선 늙은 염소 냄새가 여름 겨울 할 것 없이 사시장철 가리지 않고……

　　　　　　　—파트리크 쥐스킨트, 『향수』에서

쥐스킨트 씨, 고맙습니다. 당신의 책 갈피갈피에서 뿜어 나오는 악취가 급기야 우리의 코를 찌르고 속을 뒤집어놓았으니 말입니다. 읽기가 쉽지 않은 책임에도 불구하고 여기 이 서른다섯 명의 아이들만큼 당신의 『향수』를 심취하여 읽은 독자는 아마 없을 것입니다. 처음에는 다들 그토록 마뜩잖은 표정이더니 읽기 시작한 지 불과 10분 만에, 새파랗게 어린 우리 시칠리아 미망인은 당신을 제 또래쯤으로 여기는 눈치였음을 믿어주시기 바랍니다. 행여 흐름에 방해가 될까봐 터져 나오는 웃음을 참으려고 안간힘을 쓰는 아이들의 표정은 실로 감동적이기까지 하더군요. 한 학생이 그만 웃음을 터뜨리자, 그 옆에서 열심히 듣고 있던 벌링턴은 눈을 부라리며, "쉿, 에이 씨, 조용히 좀 하라니까!"라고 다그치기까지 하지 뭡니까. 한 32페이지쯤에서, 당신은 가이아르 부인 집에서 지내는 주인공 장 바티스트 그르누이를, 숨어서 끊임없이 기회를 엿보는 진드기에 비유했지요. (생각나세요? "나무에 붙어서 몸을 숨긴 채, 온 신경을 곤두세우고 있는 고독한 진드기는 보지도, 듣지도, 말도 하지 못한다. 오로지 십리 밖에서 풍겨오는 지나가는 짐승의 피 냄새 하나라도 놓치지 않으려는 일념으로……") 그래요! 바로 그 대목이었지요. 장바티스트 그르누이의 음습한 내면 이야기가 막 펼쳐지려는 찰나에, 펑키머리 가죽부츠가 두 팔에 얼굴을 묻고 그만 까무룩 잠이 들고 말았습니다. 한밤중인 양 숨까지 고르게 내쉬며 참 잘도 자더군요. 깨우다니요. 아니에요. 천만의 말씀. 책 읽는 소리를 자장가 삼아 곯아떨어지는 것보다 좋은 일이 어디 있겠습니까. 그게 독서에서 누릴 수 있는 즐거움 가운데서도 제일가는 즐거움인걸요. 펑키머리 가죽부츠는 아주 마음이 푸근해져 다시 그 옛날 어린 시절로 되돌아갔던가 봅니다. 끝나는 종이 울렸을 때도 어린아이처럼 소리쳤으니까요.

"에이 씨, 자버렸잖아! 그래서 가이아르 아줌마네에서 무슨 일이 일어났어요?"

46

내친김에 가르시아 마르케스, 칼비노, 스티븐슨, 도스토옙스키, 사키, 아마두, 가리, 판테, 달, 로셰 등 여러 작가분에게도, 그들이 살아 있든 죽었든 간에, 아울러 고마움을 전하는 바이다. 독서 기피증에 걸려 있던 이 서른다섯 명 가운데 교사가 그들의 책을 끝까지 읽어주기를 진득하게 기다린 학생은 단 한 명도 없었다. 하루저녁이면 얼마든지 누릴 수 있는 즐거움을 일주일이나 묵힐 필요가 어디 있단 말인가?

"쥐스킨트가 누구예요?"

"아직 살아 있는 사람이에요?"

"이것 말고 또 무얼 썼어요?"

"『향수』는 원래 프랑스어로 쓰인 건가요? 꼭 프랑스어로 쓰인 책 같아요."(『향수』를 번역한 분을 비롯하여, 오순절의 달빛과도 같은 역할을 하는, 번역가 여러분께 감사, 또 감사드린다.)

그리고 몇 주가 지나니……

"선생님, 『예고된 죽음의 연대기』는 무지 재미있었어요.

그런데『백 년의 고독』은 어떤 내용이지요?"

"선생님, 판테 있잖아요, 판테!『나의 멍청한 개』, 그 책 정말 골 때리게 웃겨요!"

"『자기 앞의 생』 있잖아요. 왜, 아자르…… 아니 로맹 가리가 쓴 책 말이에요. 아, 너무 멋져요."

"로알드 달이란 작가는 좀 너무한 것 같아요. 여자가 냉동된 양의 넓적다리로 자기 애인을 때려죽이고는 그 고기를 형사들에게 먹여 증거물을 감쪽같이 없애는 이야기에 정말 기절하는 줄 알았다니까요."

그저 그렇고 그런 감탄의 연발일 뿐, 아직까지 그들의 평은 전혀 가닥이 잡히지 않은 조야한 수준일 뿐이다. 그러나 그렇게 읽다 보면…… 언젠가는……

"선생님,『반쪼가리 자작』이나『지킬 박사와 하이드』『도리언 그레이의 초상』 같은 작품은 결국은 다 동일한 주제를 다루고 있는 것 아닌가요? 선과 악, 인간의 이중성, 의식, 유혹이나 사회적 윤리, 뭐 그런 것 말이에요."

"그렇지."

"라스콜니코프를 과연 '낭만적 인물'이라고 할 수 있을까요?"

자, 어떤가. 여러분도 보시다시피…… 이쯤 되면 실로 놀라운 발전이 아닌가.

47

그렇다고 무슨 기적 같은 일이 일어났다는 것은 아니다. 그런 장족의 발전을 이루기까지 교사가 한 일이라곤 거의 없다. 책읽기의 즐거움이란 결코 멀리 있지 않았다. 다만 읽어도 모를까 봐 지레 겁을 먹었던 (그야말로 오랜 고질병과도 같은) 그 말 못 할 두려움으로 인해 줄곧 사춘기 아이들의 기억 저편에 묻혀 있었을 뿐이다.

단지 아이들은 책이 무엇이며, 무엇을 줄 수 있는지 잊고 있었을 뿐이다. 이를테면 소설이란 **무엇보다 하나의 이야기**라는 사실을 까맣게 잊고 있었다. 소설은 '소설처럼' 읽어야 한다는 사실을, 다시 말해 소설 읽기란 **무엇보다** 이야기를 원하는 우리의 갈구를 채우는 일이라는 것을 몰랐던 것이다.

아이들은 이야기에 대한 허기를 아주 오래전부터 작은 브라운관에서 충족했다. 그리고 텔레비전은 끝없이 돌아가는 컨베이어 벨트처럼 어디에 나와도 상관없을, 판에 박힌 상황과 인물이 빚어내는 만화영화, 연작물, 연속극, 공포물을 쉼 없이 돌려댐으로써, 주어진 소임을 다했다. 말하자면 각자에게 원하는 만큼의 이야기를 배급하는 일이다. 우리는 그것들로 주린 배를 채우듯 머릿속을 채운다. 하지만 아무리 채워 넣어도, 허기는 여전하다. 즉시 소모될 뿐이기 때문이다. 따라서 사람들은 텔레비전을 보아도 여전히 외롭다.

『향수』를 다 함께 들으면서, 학생들은 쥐스킨트와 마주할 수 있었다. 물론 그것은 이상하고 괴상하고 아름다운 한 편의 이야기였지만, 동시에 쥐스킨트 특유의 **목소리**이기도 했다. (나중에 논술을 작성할 땐 이것을 '문체'라고 써야 할 것이다.) 그렇다. 그건 이야기였다. **누군가**가 들려준 이야기였다.

"선생님, 이해할 수가 없어요. 맨 첫 장에 나오는 '방에서도 냄새가…… 사람에게서도 냄새가…… 강에서도, 광장에서도, 성당에서도 냄새가……' 하는 대목 말이에요. 우리는 반복은 피하라고 배웠거든요. 그런데 여기선 하나도 귀에 거슬리질 않네요. 우스꽝스러우면서도 참 재미있어요, 안 그래요?"

그렇다. 이야기가 주는 행복감에 문체의 매력까지 더해지는 것이다. 책의 마지막 장을 덮은 다음에도 작가의 목소리는 메아리가 되어 여전히 우리 기억 속에 여운을 남긴다. 뿐만 아니라 번역과 교사의 낭독이라는 이중의 필터를 거쳤음에도 쥐스킨트의 목소리가 가르시아 마르케스나 칼비노의 목소리와 사뭇 다르다는 것쯤은 '누구라도 단박에 알 수가 있다.' 때문에 판에 박힌 인물들이 판에 박힌 언어로 만인

에게 전달하는 그 무엇과는 달리, 우리는 쥐스킨트며 가르
시아 마르케스와 칼비노가 자신만의 고유한 언어로 오로지
나에게만 말하고 있다는 기묘한 느낌을 받는 것이다. 그들
은 오로지 나에게만 자기 이야기를 들려주고 있는 듯하다.
예의 시칠리아 젊은 미망인에게도, 오토바이 없는 바이크족
에게도, 펑키머리 가죽부츠에게도, 벌링턴에게도. 그리하여
저마다 작가들의 목소리를 혼동하는 법 없이 자신이 좋아하
는 목소리를 마음속에 새기는 것이다.

　오랜 세월이 흐른 뒤 총살 집행대 앞에 선 아우렐리아
노 부엔디아 대령은 먼 옛날 어린 시절의 그날 오후를 새
삼 떠올렸을 것이다. 그날 아버지는 얼음이 무엇인지 보
여주려고 그를 데리고 나섰다. 당시 마콘도는 갈대와 진
흙으로 지은 집 스무 채 정도가 들어선 작은 마을이었다.
집들은 강을 따라 늘어서 있었다. 바닥이 훤히 내비치는
맑은 강물 밑에 선사 시대의 알처럼 둥그런 조약돌이 이
리저리 굴러다니고 있었다.

　"『백 년의 고독』에 나오는 첫 대목은 아예 외울 정도예요!
'선사 시대의 알처럼 둥그런 조약돌이'……"
　(가르시아 마르케스 씨, 고맙습니다. 당신의 책에 나오는 이
첫 대목 덕분에, 우리는 한 학기 내내 '좋아하는 소설에서 마음

에 드는 구절이나 첫 문장 외우기'라는 아주 재미있는 놀이를
했으니까요.)

"나는 『아돌프』의 첫 대목이 참 좋더라. 소심한 성격에 대
한 이야기 말이야. '나는 아버지가 아들한테조차 그토록 소
심했다는 것을 몰랐다. 아버지는 늘 나를 차갑게 대해서 나
는 아버지 곁에 다가갈 수가 없었다. 그러면서도 정작 아버
지는 내가 살갑게 애정 표현을 해주기를 줄곧 기대하셨던
모양이다. 나와 헤어지면 눈물이 글썽해져서 다른 사람들에
게 내가 아버지를 사랑하질 않는다고 탄식했다는 것이다.'"

"꼭 우리 아빠와 내 이야기 같아."

이제껏 아이들은 마음의 문을 걸어 잠근 채, 닫힌 책을 마
주하고 있었다. 하지만 지금은, 책을 펼쳐 들고 그 속에서 마
음껏 활개를 친다.

물론 이처럼 책과 화해하기까지는 교사의 목소리가 적잖
은 도움을 주었던 것이 사실이다. 무엇보다도 학생들은 난
해한 문장을 끙끙대며 해독하는 수고를 면할 수 있었다. 뿐
만 아니라 교사의 목소리는 이야기의 배경과 상황을 명확하
게 설정하고 묘사해주었으며, 인물을 살아 숨 쉬게 해주었
고, 주제를 확연히 드러나게 해주었으며, 의미의 미묘한 차
이를 한결 뚜렷하게 해주었다. 말하자면 책 속의 세계를 가
능한 한 명료하게 사진처럼 있는 그대로 보여주는 역할을
했던 셈이다.

하지만 오래지 않아 교사의 목소리는 오히려 방해가 된다. 함께 읽는 즐거움이 오히려 자신만의 내밀한 기쁨에 걸림돌이 되는 것이다.

"선생님이 읽어주셔서 정말 도움이 많이 됐어요. 하지만 나중에 저 혼자 읽는 것도 괜찮은 것 같아요."

책을 읽어주는 선생님의 목소리 덕분에 다시 **글**과 친숙해지고, 은밀하고 조용한 연금술사 같은 내 목소리의 참맛을 되찾았기 때문이다. 10여 년 전 종이에 쓴 '마망'이 정말로 살아 있는 나의 엄마라는 사실에 탄성을 지르던 바로 그 목소리 말이다.

소설이 주는 진정한 즐거움은 작가와 나 사이에 형성되는 그 역설적인 친밀감을 발견하는 데 있다. 홀로 쓴 그의 글이 혼자서 소리 없이 읽어 내리는 나의 목소리에 의해 비로소 하나의 작품으로 되살아나는 것이다.

교사는 둘을 이어주는 한낱 중재자였을 뿐이다. 이제 슬그머니 자리를 떠야 할 때가 된 것이다.

48

이 작은 세계들이 저마다 혼자만의 책읽기에 친숙해지려
면, 읽어봤자 이해할 수 없으리란 강박증 말고도 또 다른 두
려움을 극복해야 한다. 시간에 대한 공포감 말이다.

아이들은 책 읽는 데 걸리는 시간에 지레 겁을 내고 끔찍
해한다. 책이란 으레 읽어도 읽어도 끝날 것 같지 않은 영원
한 위협으로 다가오는 것이다.

교사가 가방 속에서 『향수』라는 책을 꺼내 들자, 아이들
은 눈앞에 무슨 거대한 빙산이라도 나타난 듯한 반응을 보
였다! (교사는 의도적으로 활자가 크고 행간이 넓고 여백이 많
아서 다른 것보다 두꺼운, 파야르 출판사에서 나온 판본을 골
랐음이 분명하다. 유독 책읽기를 싫어하던 아이들에게 그것은
아마도 끝없는 고행을 예고하는 어마어마한 부피로 느껴졌을
것이다.)

그런데 교사가 책을 읽기 시작하자, 그 거대한 빙산이 교
사의 손안에서 녹아내리는 게 아닌가!

시간은 이제 시간이 아니다. 분이 마치 초처럼 흘러간다.

40페이지를 읽었을 때는 벌써 한 시간이 지났다.

교사는 한 시간에 40페이지를 읽었다.

열 시간이면 400페이지다. 국어 시간이 일주일에 다섯 시간이니까 석 달이면 2,400페이지를, 한 학년이면 7,200페이지를 읽을 수 있다! 일주일에 다섯 시간씩만 책을 읽어도 1,000페이지나 되는 소설을 일곱 권이나 읽을 수 있다!

일대 혁신을 일으킬 만한 놀라운 발견이다! 따져보면 책 한 권을 읽는 것은 금방이다. 하루에 한 시간씩만 읽어도 일주일이면 280페이지의 소설 한 권을 다 읽는다. 여기에 조금 더 보태 하루에 두 시간씩만 책읽기에 할애한다고 치면, 280페이지는 사흘이면 충분할 것이다. 일요일을 빼고 엿새면 560페이지다. 거기다 책이 '쿨'하다면야 ―"선생님, 『바람과 함께 사라지다』는 정말 '쿨'해요." ― 일요일에 네 시간쯤은 얼마든지 자청해서 초과 근무를 할 수도 있는 문제다. (펑키머리 가죽부츠는 파리 교외에 사니 일요일이면 동네가 쥐 죽은 듯 조용할 테고, 벌링턴 역시 일요일마다 부모에게 이끌려 시골에 가서 돌아갈 시간만 목 빠지게 기다리는 처지이니 불가능한 일도 아니다.) 자, 그래서 일요일 초과 근무까지 쳐서 160페이지를 더 보태면 총 720페이지가 된다!

시간당 30페이지 정도로 적당히 평균 속도를 유지할 경우, 540페이지다.

아니면 시간당 20페이지 정도로 느긋하게 읽는 경우엔,

360페이지.

"난 일주일에 360페이지를 읽었는데, 너는?"

애들아, 페이지 수를 세고…… 또 세어라. 소설가들도 그런단다. 100페이지를 쓰고 난 소설가의 표정을 한번 꼭 봐야 하는데! 소설가에게 100페이지란 호른 곶*과 같다! 그 지점에서 소설가는 마음속으로 쾌재를 부르며 작은 샴페인 병을 따고, 남모르게 경쾌한 춤을 추며, 짐을 잠시 내려놓은 말처럼 콧숨을 내뿜는다. 그러고는 다시 잉크에 펜을 담그고 101페이지를 공략하는 것이다. (말이 잉크에 펜을 담그다니. 그얼마나 박진감 넘치는 모습이랴!)

그러니 여러분도 열심히 페이지를 세어라…… 세다 보면 읽은 페이지 수에 절로 감탄이 나올 것이며, 머지않아 곧 읽어야 할 페이지가 얼마 남지 않았음이 못내 아쉬워질 것이다. 50페이지밖에 남지 않았다니! 그리고 깨달을 것이다. 두꺼운 책으로 두 권이나 되는 『전쟁과 평화』가 50페이지밖에 남지 않았을 때 느끼는 그 허전함보다 더 감미로운 건 없다는 것을……

속도를 한껏 늦추어 아주 천천히 읽어보지만, 달라질 건 없다.

* 남아메리카 대륙의 최남단에 위치한 곳으로서 남극에서 가장 가까운 지점이다.

결국 나타샤가 피예르 베주호프와 결혼하는 것으로 소설
은 끝이 난다.

49

그건 그렇다 치고, 과연 나의 하루 생활 계획표의 어디쯤에 독서 시간을 집어넣을 것인가? 친구들과의 시간에? 텔레비전을 보는 시간에? 오가는 시간에? 가족과의 시간에? 숙제할 시간에?

언제 책을 읽을 것인가?

이건 중차대한 사안일 뿐만 아니라,

누구나 떠안고 있는 만인의 고민이기도 하다.

책 읽을 시간이 고민이라면 그만큼 책을 읽을 마음이 없다는 말이다. 따지고 보면 **책 읽을 시간이 있는 사람은 아무도 없다**. 아이들도, 학생들도, 어른들도. 다들 살아가는 일에 치여 책 읽을 짬이 없다. 생활은 독서를 가로막는 끝없는 장애물이다.

"책이요? 읽고야 싶지요. 하지만 직장 다니랴, 아이들 챙기랴, 집안일 하랴, 도무지 짬이 나질 않으니……"

"당신은 책 읽을 여유라도 있으니 좋겠군요!"

그런데 어째서 어떤 여자는 일하고, 장 보고, 아이들 키우고, 운전하고, 남자를 셋이나 사귀고, 치과에 다니고, 다음 주면 이사를 가야 하는 와중에도 틈틈이 책 읽을 시간이 나는데, 어째서 어떤 남자는 단출한 독신에 연금까지 받아가며 하릴없이 빈둥거리는데도 책 읽을 시간이 없는 걸까?

책 읽는 시간은 언제나 훔친 시간이다. (글을 쓰는 시간이나 사랑하는 시간처럼 말이다.)

대체 어디에서 훔쳐낸단 말인가?

굳이 말하자면, 살아가기 위해 치러야 하는 의무의 시간에서다.

그 '삶의 의무'의 닳고 닳은 상징물인 지하철이 세상에서 가장 거대한 도서관이 된 것은 아마도 그런 이유에서일 것이다.

책을 읽는 시간은 사랑하는 시간이 그렇듯, 삶의 시간을 확장한다.

만약 사랑도 하루 계획표대로 해야 하는 것이라면, 사랑에 빠질 사람이 어디 있겠는가? 누군들 사랑할 시간이 나겠는가? 그런데도 사랑에 빠진 사람이 사랑할 시간을 내지 못하는 경우는 한 번도 본 적이 없다.

나도 책 읽을 시간을 내기는 좀처럼 쉽지 않다. 그렇지만 다른 일 때문에 좋아하는 소설을 끝까지 읽지 못한 적은 한 번도 없었다.

독서란 사회에서 흔히 말하는 효율적인 시간 운용과는 거리가 멀다. 독서도 사랑이 그렇듯 그저 존재하는 방식인 것이다.

문제는 내게 책 읽을 시간이 있느냐 없느냐가 아니라(그렇다고 아무도 시간을 가져다주지는 않을 테니), 독서의 즐거움을 누리려는 마음이 있느냐 없느냐이다.

결국 시간에 대한 장황한 논의는 펑키머리 가죽부츠의 짤막한 몇 마디로 일축할 수 있을 것이다.

"책 읽을 시간이요? 전 아예 주머니에 넣고 다니지요!"

그가 주머니에서 짐 해리슨의 『가을의 전설』 문고판을 꺼내 보이자, 벌링턴이 그제야 알겠다는 듯 고개를 끄덕거린다.

"아하…… 그래서 재킷을 살 때는 먼저 주머니 크기가 문고판인지 제대로 된 규격판인지를 확인해야 하는 거로군!"

프랑스에서는 '읽다'를 속된 말로 **꼼짝없이 매이다**라고 표현한다.

두꺼운 책은 흔히들 **보도블록**에 빗대기도 한다.

이러한 구속에서 벗어나면, 보도블록도 구름이 될 것이다.

아이들에게 자연스레 책 읽는 습관을 들이려면 단 한 가지 조건이 필요하다. 아무런 대가도 요구하지 말아야 한다는 것이다. 그야말로 아무것도. 마치 무슨 성벽이라도 두르듯 책에 대한 사전 지식을 동원하지 말아야 한다. 그 어떤 질문도 하지 말아야 한다. 읽는 것에 대해 조금도 부담을 주지 말고, 읽고 난 책에 대해서 단 한마디도 보태려들지 말아야 한다. 섣부른 가치 판단도, 어휘 설명도, 문장 분석도, 작가에 대한 언급도 접어두어라. 요컨대 책에 관한 그 어떤 말도 삼가라.

책을 읽어주는 것은 선물과도 같다.

읽어주고 그저 기다리는 것이다.

호기심을 우격다짐으로 강요하기보다는, 일깨워주어야 한다.

읽고 또 읽어주면서, 아이들의 눈이 열리고 아이들의 얼굴에 기쁨이 가득 차리라는 것을 믿어야 한다. 머지않아 곧 의문이 생겨나고, 그 의문이 또 다른 의문을 불러오리라는 것을 믿어 의심치 말아야 한다.

만약 내 안에 있는 고지식한 교사가 '배경 및 상황 설명을 통한 작품 소개'를 생략하는 것을 못내 마뜩잖아 한다면, 그 고지식한 교사에게 일러라. 지금 당장 중요한 건 책을 읽어주는 **이 교실의 상황뿐**이라고.

이 교실로 앎의 길이 끝나는 것은 아니잖은가. 앎의 길은 바로 이 교실로부터 시작되어야 할 것이다.

지금 이 순간 나는 학생들에게 소설을 읽어주고 있다. 학생들은 **자신들이 책읽기를 좋아하지 않는다고 생각한다.** 내가 이들의 잘못된 생각을 바로잡아주고, 이들과 책 사이를 이어주는 중재자 역할을 해내지 못하는 한, 아이들과 나 사이에는 그 어떤 진정한 교육도 이뤄질 수 없을 것이다.

일단 책과 가까워지면 그때부터 아이들은 스스로 길을 찾아 나설 것이다. 제 발로 소설에서 소설의 작가에게로, 작가에서 작가가 살았던 시대로, 그리고 자신이 읽은 이야기에서 이야기가 지니는 다양한 의미로 조금씩 다가갈 것이다.

책에 관한 한 어떤 질문이라도 답해줄 준비가 되어 있다.

이제 질문이 쏟아지기만 느긋이 기다리면 된다.

"스티븐슨은 영국 사람인가요?"

"스코틀랜드 사람이야."

"어느 시대 사람이죠?"

"19세기, 빅토리아 여왕 때 사람이야."

"빅토리아 여왕은 꽤 오랫동안 왕위에 있었다던데……"

"1837년부터 1901년까지 64년 동안 왕위에 있었어."

"64년 동안이나요!"

"스티븐슨이 태어났을 땐 빅토리아 여왕이 즉위하고 나서 13년이나 지난 후였어. 그런데도 스티븐슨은 여왕보다 7년이나 일찍 죽었지. 너희가 열다섯 살이니까 지금 빅토리아 여왕이 즉위한다면 너희들이 일흔아홉 살이 되었을 때에야 빅토리아 여왕의 시대가 끝난다는 얘기야! (당시의 평균 수명은 서른 살 남짓이었다.) 엄격주의가 극에 달했던 시대였지."

"그래서 악몽에 시달리다 결국 하이드란 인물이 태어나게 된 거지요."

시칠리아 미망인이 덧붙이자, 벌링턴이 감탄한다.

"야, 넌 어떻게 그런 것까지 다 아냐?"

시칠리아 미망인은 그만 말끝을 흐린다.

"그냥 이것저것 듣추다 보니까……"

그러다가 수줍게 웃으며 말을 잇는다.

"하지만 그 악몽은 어찌 보면 유쾌한 악몽이었다고 할 수 있을 거예요. 스티븐슨은 잠에서 깨어나자마자 서재에 틀어박혀 단 이틀 만에 초고를 다 써버릴 정도였으니까요. 그의 아내는 그 글을 당장 불태워버리라고 했지만, 스티븐슨은 마치 자신이 하이드가 된 것처럼 훔치고, 겁탈하고, 살아 움

직이는 것은 무조건 죽여버리는 것에 더없는 쾌감을 느꼈어
요. 뚱뚱보 여왕이 그런 걸 달가워할 리가 없었겠죠. 그래서
스티븐슨은 지킬 박사를 만들어낸 거예요."

52

그러나 소리 내어 책을 **읽어주는** 것만으로는 충분치 않다. 더 나아가 우리가 알고 있는 주옥같은 작품을 이야기해주고 알려주어야 한다. 그 작품 하나하나를 무지의 해변에 펼쳐 보여야 한다. 귀 기울여 들어보아라, 이 얼마나 아름다운 **이야기**인가! 하고 말이다.

책을 읽고 싶다는 마음이 들게 하려면, 독서의 향연에 한 번쯤 흠뻑 빠져보도록 하는 것보다 좋은 방법은 없을 것이다.

조르주 페로스에 대하여, 여학생은 또 이런 감동을 적고 있다.

"그분은 책을 읽어주기만 하신 게 아니에요. 우리에게 이야기를 들려주셨지요! 『돈키호테』며 『보바리 부인』까지도 요! 비평적 통찰이 요구되는 대작인데, 교수님은 먼저 단순한 이야기로 들려주셨어요. 그분의 이야기를 통해 산초는 살아 있는 뚱보가 되었고, 슬픈 얼굴의 기사 돈키호테는 지독하게 고통스러운 신념으로 가득 찬 깡마른 꺽다리가 되었지요! 그분이 우리에게 들려준 에마는, '오래된 서가에 꽂힌 한물간 책들의 잔영'에만 매달려 타락해가는 어리석은 여인이 아니라, 놀랄 만한 열정을 품고 있는 인물이었어요. 그러면서 우리는 페로스 교수님의 목소리를 통해 인간이라는 그 부조리한 모순 덩어리에게 냉소를 던지는 플로베르의 목소리를 들을 수 있었죠."

신전의 수호자인 도서관 사서분들. 세상 모든 책의 제목이 그들의 완벽한 기억 체계 속에 빠짐없이 입력되어 있다는 것은 그 얼마나 다행한 일인가. (그들이 없었다면, 가물가물한 내 기억력으로 어떤 책이 어디에 있는지 갈피나 잡을 수 있겠는가?) 더욱이 그들은 주위에 빼곡히 들어찬 서가에 분류되어 가지런히 꽂혀 있는 그 온갖 주제를 손바닥 보듯 빠짐없이 파악하고 있으니 정말 대단하다. 그런데 만약 그들이, 온갖 읽을거리가 지천으로 널려 있는 바람에 뭘 읽어야 할지 갈피를 잡지 못하는 사람들에게 자신들이 좋아하는 소설 이야기를 들려준다면…… 자신들이 읽은 책 중에서 가장 소중한 기억으로 남아 있는 책을 사람들에게 소개한다면…… 더할 나위가 없을 것이다. 그들의 이야기가 무슨 마력이라도 지닌 듯, 책들이 곧장 서가에서 빠져나와 독자의 손에 쥐일 것 아닌가.

소설을 이야기하는 일이야 아주 간단하다. 때로는 단 몇 마디로 충분하다.

어린 시절의 어느 여름날로 기억된다. 낮잠 시간이었나

보다. 큰형이 배를 깔고 엎드려 두 손으로 턱을 괸 채 꽤 두꺼워 보이는 **문고판 책**을 읽고 있었다. 동생은 공연스레 딴지를 걸었다.

"뭐 읽어, 형?"

"『계절풍』."

"재미있어?"

"응, 무지!"

"무슨 얘긴데?"

"그냥 어떤 남자 얘기. 그 남자가 처음에는 위스키를 많이 마시다가 나중에는 물을 많이 마시게 된다는 얘기야."

그 정도로 충분했다. 덕분에 나는 그해 여름이 다 가도록 루이스 브롬필드의 『계절풍』에 뼛속까지 흠뻑 젖어 있었으니 말이다. 형은 바싹 약이 올랐지만 끝내 그 책을 다 읽지 못했다.

53

모든 게 더할 나위 없이 좋았다. 쥐스킨트에서부터 스티븐슨, 가르시아 마르케스, 도스토옙스키, 판테, 체스터 하임스, 라겔뢰프, 칼비노에 이르기까지 되는대로 작정 없이 읽었던 소설로, 또 그 소설에 나오는 이야기로 한바탕 푸짐한 향연을 벌이며 독서의 즐거움을 마음껏 누릴 수 있었던 것까지는 말이다. 하지만 맙소사, 수업 계획은, 교과 과정은? 몇 주가 다 되어가건만 예정된 교과 과정은 시작도 못했다. 이대로 한 학기가 끝나버릴지도 모른다는 불안감이, 예정대로 진도를 마치지 못하리라는 위기감이 엄습하는 순간이다.

걱정할 건 없다. 규격대로 고르게 과일을 맺는다는 요즈음의 나무들처럼, 교과 과정도 규정대로 차질 없이 진행될 것이다.

평키머리 가죽부츠가 예상한 바와는 달리 선생이 한 학기 내내 책을 읽어주지 않아도 될 듯하다. 유감천만이다! 혼자서 조용히 책을 읽는 즐거움을 그토록 빨리 찾아낼 줄이야! 선생이 소설 앞부분을 소리 내어 읽어주기가 무섭게 학생들은 서점으로 달려간다. '그다음'이 못내 궁금하여 도저히 다음 시간까지 기다릴 수가 없기 때문이다. 선생이 두세 번 책을 읽어준 후부터는 "선생님, 마지막 부분은 얘기하지 마세요"라는 청원도 심심찮게 들려온다. 다들 선생이 골라준 책들을 열심히 탐독하는 것이다.

(하긴 다들이라고까지 말할 수는 없을 듯하다. 교사에게 무슨 요술 지팡이가 있는 것도 아닌데 하루아침에 독서 기피자들을 100퍼센트 모두 독서광으로 만들어놓았을 리 만무하다. 아직은 학기 초인 만큼 다들 자기만 뒤처질까 봐 불안해서, 혹은 일시적인 열광이나 경쟁심에 쫓겨서 책을 읽는 것이다. 어쩌면 본인 마음과는 상관없이 선생 눈치를 보느라 마지못해 읽는 건지도 모른다. 그러니 선생으로서는 잠시 타오르다 말 잉걸불 정도 가지고 안도할 수는 없다. 빨리 끓는 냄비가 빨리 식는다는 사실을 오랜 경험으로 누구보다 잘 알고 있지 않은가! 그래도 어쨌거나 지금 당장으로선 학급 전원이 책을 읽고 있다. 나름대로 다양한 이유들이 적절히 뒤섞이는 칵테일 효과가 제대로 주효했는지, 매번 새로이 책을 읽을 때마다 서른 명 남짓한 아이가 저마다의 뚜렷한 개성을 잃지 않으면서도 학급 전체가 마치 하나가 된 것처럼 일사불란하게 움직이는 것이다. 그렇다고 이런 바람직한 현상이 학생들 각자가 성인이 되었을 때도 지금처럼 '책읽기를 좋아하리라'는 것을 보장하진 않는다. 아마도 그때에는 또 다른 많은 즐거움이 책이 주는 즐거움을 대신

하게 될 것이다. 그러나 아무튼 학기가 시작된 지 몇 주가 지났을 뿐인 현재에는 누구도 더는 '책 읽는 고역'을 두려워하지 않고, 읽는 속도마저 무섭게 빠르다.)

그런데 그 소설들은 어째서 그토록 빨리 읽을 수가 있을까? 읽기 쉬워서? '읽기 쉽다'라는 말은 무슨 뜻인가? 『예스타 베를링 이야기』*가 읽기 쉽다고? 『죄와 벌』이 읽기 쉽다고? 『이방인』보다도, 『적과 흑』보다도? 결코 그렇지 않다. 무엇보다도 이 소설들이 **학교 교과 과정과는 아무런 상관이 없다는 사실** 자체가 일단 시칠리아 미망인을 비롯하여 그 또래의 아이들에게는 무한한 매력으로 작용하는 것이다. 아이들은 위로부터 일방적으로 하달된 이른바 '교양 필수 권장 도서' 따위는 으레 '고리타분'할 것이라고 속단한다. 안타까운 '수업 계획'의 현실이다. 사실 수업 계획 자체로는 나무랄 데가 없다. (라블레, 몽테뉴, 라브뤼예르, 몽테스키외, 베를렌, 플로베르, 카뮈가 정말 '고리타분'하다는 말인가? 천만에, 무슨 그런 농담의 말씀……) 정규 교과 과정 속에 포함된 작품이 '고리타분'하게만 여겨지는 것은 오로지 학생들이 안고 있는 **부담감** 때문이다. 읽어도 모를 것만 같은 두려움, 엉뚱한 답변을 할 것 같은 두려움, 작품 이상으로 또 다른 무언가를 작성해내야 한다는 두려움, 아예 국어라는 과목 자

---

* 스웨덴 소설가 셀마 라겔뢰프(1858~1940)가 쓴 모험담.

체를 이해할 수 없을 것 같은 두려움만큼 문단의 행을 흩뜨리고, 의미를 헷갈리게 만드는 것은 없다.

미국 고등학생들에게는 샐린저의 『호밀밭의 파수꾼』이 크나큰 골칫거리라는 말을 해주자, 얼마 전에 그 책을 너무나도 재미있게 읽은 벌링턴과 바이크족이 가장 놀라워했다. 단지 『호밀밭의 파수꾼』이 교과 과정에 포함된다는 이유 하나만으로 그렇게 된 것이다. 그러니 미국의 한 교사가 학생들에게 샐린저를 강매하느라 진땀을 흘리는 동안에, 한쪽 구석에서는 텍사스의 어떤 바이크족이 에마 보바리에게 푹 빠져 있을지 누가 알겠는가!

(괄호 열고.)

이 대목에서 시칠리아 미망인이 잠시 끼어든다.

"선생님, 텍사스 사람은 책을 읽지 않아요."

"아, 그래? 왜 그런 생각을 하지?"

"「댈러스」라는 연속극 때문이에요. 선생님은 「댈러스」에 나오는 사람들 가운데 누구 하나 책 들고 있는 거 본 적 있으세요?"

(괄호 닫고.)

요컨대 온갖 책을 섭렵하는 가운데 여권도 없이 외국 작품들을 수시로 여행하면서(특히 영국, 이탈리아, 러시아, 미국 등지의 외국 작품은 '교과 과정'과 거리가 멀다는 점에서 학생들에게 인기가 높다), 부담 없이 읽히는 책과 친숙해진 학생들은, 마침내 반경을 넓히며 조금씩 읽어야 할 책들에 다가가기 시작한다. 그러고는 마치 이런 책은 처음 읽어본다는 듯이 어느샌가 작품 속에 빠져든다. 그런 이유로 『클레브 공작부인』조차 여느 소설 못지않은 아름다운 소설이 되기에 이르렀다…… (아니 그 어떤 소설보다도 가장 아름답고 감동적인 소설이 되었다. 소비적 행태에 익숙해진 줄만 알았던 요즘 청소년들에게 뜻밖에도 너무도 친숙하게 받아들여진 것이다.)

친애하는 라파예트 부인,

부인께서 흥미를 느끼실지 모르겠습니다만, 제가 가르치고 있는, 하나같이 '문학적 소양'과는 거리가 먼 데다가 '말썽 많기로' 소문난 고등학교 1학년의 한 학급에서, 부인의 작품 『클레브 공작부인』이 한 해 동안 가장 많이 읽힌 인기 도서 1위에 올랐다는 소식을 알려드리는 바입니다.

따라서 교과 과정은 차질 없이 진행될 것이다. 학생들은 논술 작성, 문장 분석(오, 그 정교하고 일목요연한 도표들이라니!), 해석 달기, 요약과 문제 제기의 요령을 정확히 전수받아, 그 기술을 완벽하게 습득 연마해서, 마침내 시험 당일 엄격한 심사 절차를 통해, 그저 심심풀이로 책을 읽었던 게 아니라 책의 내용을 완벽히 **이해하였으며**, 예의 **이해하려는**

노력을 쏟았음을 유감없이 보여줄 것이다.

우리가 '이해한' 바란 과연 무엇인가 하는 점(궁극적인 문제다)이 실로 궁금하지 않을 수 없다. 책의 내용을? 물론 그도 포함될 것이다. 하지만 무엇보다도 우리가 이해한 것은, 일단 책읽기와 친숙해지고 나자 더없이 위압적으로만 여겨지던 텍스트의 그 **불가해한** 위상이 모두 사라졌을 뿐만 아니라, 그 의미를 붙잡아보려는 노력마저 한없이 즐겁게만 느껴진다는 점이다. 이해하지 못할 거란 두려움이 사라지자, 노력과 즐거움이라는 상극의 개념들이 강력한 상호 보완 작용을 일으킨다. 그러니까 노력하면 즐거움이 커지고, 또 이해하는 즐거움 때문에 노력이라는 고독한 열정에 취하듯 빠져드는 것이다.

우리가 터득한 바는 그뿐만이 아니다. 유쾌하게도 우리는 시험의 메커니즘이 '어떻게 돌아가는지'를 간파하게 되었으며, '대충 뭉뚱그려 말하는' 기술, 시험이나 경쟁 시장에서 뛰어난 실력을 발휘하는 방법을 터득하게 되었다. 그것이 곧 학교 교과 과정의 궁극적인 목표 가운데 하나임을 굳이 숨길 필요는 없다. 입사 시험에서든 학교 시험에서든, '이해한다'란 말의 의미는 시험관이 수험자에게 기대하는 바가 무엇인지를 이해한다는 뜻이다. '제대로 이해한' 답안이란 그러므로 요령껏 타협을 본 답안이다. 나이 어린 한 수험자가 난해하기로 유명한 12음절의 시구를 재치 있게 — 그렇다고 지나치게 대담하진 않게 — 해석한 다음, 시험관의 표정을 연신 힐끔거려가며 알아내려는 것은 바로 이번 흥정에서 자신이 얼마를 받아낼 수 있을까 하는 것이다. ("시험관이 꽤 만족스러운 표정이다. 좋아, 계속 이런 식으로 나가면 평균치 이상은 받을 수 있겠는걸.")

이런 관점에서 볼 때, 학교의 문학 교육을 성공적으로 이끌어가는 관건은 텍스트에 대한 정확한 이해력 못지않게 전략을 구사하는 능력을 훈련시키는 데 있다. 그러므로 '열등생'이란 우리가 생각하는 것보다 지극히 정상적인 보통의 아이일 경우가 허다하다. 단지 전술적인 대처 능력이 부족할 뿐이다. 자신이 어른들의 기대에 미치지 못한다는 열등의식에 사로잡힌 아이는 곧 학교 교육과 교양을 혼동하기 시작한다. 게다가 학교에서도 거부당한 학생은 자신이 독서나 교양과는 애당초 거리가 먼 사람이라고 단정 짓고 만다. '읽는다'는 것은 자기와는 전혀 부류가 다른 선민들이나 하는 고상한 행동이라고 생각하는 것이다. 결국 질문에 제대로 답변하지 못했다는 이유 하나로 아이는 평생 책과 담을 쌓고 지내게 된다.

그러니 우리가 짚고 넘어가야 할 문제가 아직 남아 있는 셈이다.

54

책이란 우리의 아들딸이나 청소년들이 읽은 뒤 설명하라고 쓰인 게 아니라, 마음에 들면 읽으라고 쓰인 것이라는 사실을 '이해'해야만 한다.

우리의 지식이며 학력, 경력, 사회생활을 모두 뭉뚱그려 하나의 범주라고 한다면, 독자로서 우리의 내밀한 부분, 교양은 분명 그와는 다른 범주에 속한다. 어쨌든 대학 입학시험 합격자, 학사, 교수 자격시험 합격자, 국립 행정학교 출신자를 배출하는 일은 사회적 요구이기도 하므로 그걸 가지고 굳이 딴지 걸 생각은 없다. 하지만 온갖 책의 갈피갈피에 담긴 온갖 다양한 세계를 접하는 것이 훨씬 **본질적인** 일 아닌가.

초등학생이건 고등학생이건 적어도 학교에 다니는 동안은 늘 작품을 해석하고 설명하는 숙제가 아이들을 따라다닌다. 그런 식의 과제는 아이들을 질리게 만들어 급기야 책과 벗할 기회마저도 빼앗기가 십상이다. 20세기 말인 지금도 사정은 조금도 나아지지 않았다. 주인처럼 군림하는 설명에 가려, 정작 설명하는 대상은 뒷전으로 밀려 보이지도 않는다. 그런데도 우리들의 눈과 귀를 막는 그 장광설을 이름하여 '생각 나누기'*라고 한다니…… 기가 막힐 노릇이 아닌가.

청소년들에게 한 작품에 대해 이야기해주고 그들에게 다시 그 작품에 대해서 이야기해보라고 하는 일은 일견 **유익**해 보일 수도 있으나, 그 자체가 궁극적인 목적일 수는 없다. 이야기의 목적은 어디까지나 작품이다. 작품은 그들의 손에 쥐여 있다. 그리고 독서를 하면서 가장 먼저 누릴 수 있는 권리는 아무 말도 하지 않을 권리다.

* 생각 나누기communication는 말 그대로 '의사소통'을 뜻한다. 그런데 프랑스 학생들을 위한 문학 교재에서 'communication'이라는 제목의 글은 정형화된 해설을 일방적으로 주입하고자 하는 '일러두기'와 같은 기능을 한다.

55

  학기 초가 되면 나는 학생들에게 비블리오테크bibliothèque
에 대해 설명해보라고 할 때가 있다. 물론 시립 도서관이 아
니라, 책을 꽂아두는 책장 말이다. 그러면 학생들은 대뜸 벽
이라고 대답한다. 빈틈없이 정돈돼 있어서 끼어들 틈이라곤
조금도 없는 지식의 절벽, 언제나 튕겨 나올 수밖에 없는 절
벽이라는 것이다.

  "그럼 독자는? 독자는 뭐라고 해야 할까?"

  "진정한 독자 말이에요?"

  "어떤 사람을 진정한 독자라고 부르는지는 모르겠다만,
여하튼 너희 좋을 대로 얘기해봐."

  비교적 '착실한' 축에 드는 학생들은 진정한 독자란 하느
님 아버지라고 얘기한다. 말하자면 태곳적부터 책으로 된
높은 산꼭대기에 앉아 책에 담긴 의미를 모조리 빨아들인
나머지 마침내 세상 만물의 이치를 훤히 꿰뚫게 된 은자와
도 같은 존재가 바로 하느님일 것이란다. 또 어떤 학생들은
진정한 독자를 너무 책에만 빠져 있어서 살아가면서 통과해

야 할 온갖 관문마다 좌충우돌 마찰을 빚는 자폐증 환자의 모습으로 묘사한다. 그런가 하면 어떤 학생들은 알맹이 없는 초상을 그려내기도 한다. 즉 정작 독자는 이러저러하다는 것은 쏙 빼놓은 채, 이러하지도 저러하지도 않다는 것만을 열심히 주워섬기는 것이다. 그러니까 독자는 운동과 거리가 멀며 비활동적이고 농담 한마디 할 줄 모르는 데다가, 음식, 옷, 자동차, 텔레비전, 음악, 친구…… 따위에도 전혀 관심이 없는 사람이라는 것이다. 마지막으로 약삭빠른 몇몇 학생은 다분히 '전략적인' 의도를 가지고 교사 앞에서, 책을 통해 자신의 지식을 쌓고 통찰력을 연마하고자 하는 매우 학구적인 인물상으로 독자를 한껏 치켜세우기도 한다. 개중에는 이제까지 제시된 독자의 여러 특징을 이것저것 조합해놓는 학생들도 있으나, 자기 자신이 독자라고 말하는 학생은 한 명도 없다. 아니 자기 가족 중에 누구라도, 하다못해 우리가 지하철에서 매일같이 마주치는 그 수많은 독자 가운데 누군가를 독자로 꼽는 학생조차 없다.

이어서 내가 '책'이 무엇인지 말해보라고 하자, 학생들은 책을 교실에 불시착한 무슨 괴비행물체쯤으로 묘사한다. 책이란 얼마나 신비스러운 물건인가. 형태로 보자면 믿을 수 없을 만큼 단순하지만, 기능 면에서 보자면 한없이 다양해질 수 있다는 점에서 좀처럼 무어라 설명하기가 불가능한 대상이다. 책은 엄청난 힘과 온갖 위험을 동시에 지닌 '괴물체'이자, 무한한 애정과 존경을 받는 신성한 대상이기도 하다. 그러기에 마치 제의의 대상이기라도 한 듯 정갈한 책꽂이 선반에 고이 모셔진 채, 경건한 태도로 알 듯 모를 듯한 눈길을 던지는 뭇 찬미자들 사이에서 한없이 추앙받는 것이 아닌가.

책은 성배다.

좋다.

하지만 책은 무조건 거룩한 것이라는 관점에서 이제 그만 벗어나기로 하자. 그러자면 책을 그렇게도 좋아한다고 자처하는 우리가 실제로 책을 어떻게 다루고 있는가 하는 '실상'을 보여줌으로써, 우리가 아이들의 머릿속에 주입한 책에 대한 경외감을 어느 정도 허물 필요가 있다.

56

책만큼 완전히 내 것이라는 절대 소유의 느낌을 불러일
으키는 대상도 흔치 않을 것이다. 책은 일단 우리 수중에 들
어오면 우리의 노예가 된다. 생명력을 지닌 존재라는 점에
서 노예지만, 한편으론 생명이 없는 종이 뭉치이기도 하다
는 점에서 노예 해방 따위를 염려하지 않아도 될 노예다. 그
러니 너무도 끔찍이 책을 사랑한 탓이건, 책에다 냅다 화풀
이를 해댄 탓이건, 어쨌거나 책으로서는 온갖 험한 꼴을 다
당할 수밖에 없다. 나만 하더라도 허구한 날 책 귀퉁이를 접
어놓거나(접혀 있는 페이지를 볼 때마다 얼마나 마음이 아프
던지! 하지만 그러지 않고서는 대체 어디까지 읽었더라아아
아…… 도무지 알 길이 없으니!), 커피 잔을 올려놓아 표지에
둥그런 얼룩을 그려놓거나, 버터 자국이며 올리브기름 자국
을 남겨놓기가 일쑤다. 그뿐인가. 책을 읽으며 파이프에 담
배를 채워 넣느라 시커메진 손가락으로 여기저기에 손도장
을 찍어놓는 일이 허다하고, 플레이아드판 작가 총서는 욕
조에 빠져 난방기 위에서 몸을 말려야 하는 신세가 되기도

한다. (여보, **당신** 욕조에 **내** 스위프트가*!) 게다가 여백이란 여백에는 온통 알아볼 수도 없는 (그나마 다행이지만) 생각을 적어놓고, 구절마다 선명한 **형광펜**으로 좍좍 그어놓기 일쑤다. 일주일 내내 펼친 채로 엎어놓은 탓에 영영 불구의 몸이 되어버린 책이 있는가 하면, 보호라는 미명하에 기름때로 번들거리는 시커먼 비닐에 싸여 있는 책도 있다. 죽은 새들처럼 여기저기 널브러져 있는 책 더미에 깔려 침대는 제 기능을 못하고, 산더미 같은 문고본들이 다락방에 처박혀 퀴퀴한 곰팡내를 피우고 있다. 게다가 아무도 찾지 않는 시골집에서 아무도 읽어주지 않는 불행한 유배 생활을 보내고 있는 어린 시절의 책들 하며, 헌책방이라는 노예 시장에 되팔린 그 허다한 책들은 또 어떤가……

우리는 책으로 하여금 온갖 수난을 겪게 만든다. 그러면서도 **다른 사람**이 책을 함부로 다룬다 싶으면 어째서 그토록 애달프고 안타까운지 모를 일이다.

그리 오래전 일도 아니다. 나는 어떤 여자가 전속력으로 달리는 자동차에서 차창 밖으로 소설책 한 권을 던져버리는 것을 두 눈으로 똑똑히 보았다. 이유인즉슨 비평가들이 하도 격찬하는 바람에 비싼 돈을 주고 샀는데 내용이 너무 실망스러웠기 때문이라는 것이다. 하물며 소설가 토니노 베

* 풍자소설 『걸리버 여행기』를 쓴 영국 작가 조너선 스위프트를 가리킨다.

나키스타의 할아버지는 플라톤으로 담배를 말아 피우기까지 했다잖는가! 전쟁 포로로 알바니아의 어느 감옥에 갇혔을 때 가진 거라곤 주머니 속에 남아 있는 담배 한 줌과, 성냥 한 개비, 그리고 『크라틸로스』 한 권뿐이었으니…… 달리 무얼 하겠는가? 딱 하고 성냥을 그어델 수밖에! 하긴 피어오르는 담배 연기를 통신 수단으로 삼는 것도 소크라테스와 대화를 나누는 새로운 방법 아니겠는가.

똑같이 전쟁 때문에 빚어진 상황이지만 더 비극적인 경우도 있다. 알베르토 모라비아와 엘사 모란테는 몇 달 동안 양치기의 움막에서 숨어 지내야만 했다. 그들이 가까스로 챙겨 올 수 있었던 것이라곤 『성경』과 『카라마조프가의 형제들』, 두 권의 책뿐이었다. 그런데 그로 인해 두 사람은 참으로 곤혹스러운 딜레마에 빠지게 되었다. 과연 이 두 권의 불후의 명저 중 어느 것을 휴지로 사용할 것인가? 아무리 무지막지한 결정이라도 선택은 선택이다. 결국 그들은 영혼의 죽음을 택했다.

책에 대하여 아무리 상찬을 늘어놓은들, 스페인의 작가 마누엘 바스케스 몬탈반이 아끼던 인물인 페페 카르발로가 저녁마다 즐겨 읽던 책을 뜯어 불쏘시개로 쓰는 것을 무슨 수로 말리겠는가.

그것이 사랑의 대가이자, 친밀함의 보상인 것이다.

한 권의 책을 다 읽고 나면, 아이들이 "이건 내 책이야" 하는 것과 똑같이 그 책은 **우리 것**이 된다. 즉 나의 일부가 되는 것이다. 그렇기 때문에 빌려온 책을 돌려주기가 그토록 어려운지도 모르겠다. 딱히 훔친다기보다는(훔치다니……우리는 결코…… 도둑이 아니다), 소유권이 넘어온 것이라고, 아니 좋게 말해서 그냥 내용물이 등기 이전된 것이라고 해두자. 말하자면 다른 사람의 시선이 머무는 동안 다른 사람에게 속해 있던 책이, 나의 눈이 독식하는 동안에 내 것이 되어버린 것이다. 더군다나 읽은 게 마음에 들 경우엔, '되돌려주는' 일이 여간 곤혹스럽지 않다.

우리처럼 책과 관련된 일을 하는 사람이 책을 다루는 방식만 이야기해보자. 전문가라고 해서 책을 더 신중하게 다루는 것은 아니다. 나는 문고판의 수지 타산을 맞추려고 여차하면 글자가 잘릴 정도로 책의 지면을 빽빽하게 레이아웃하거나(여백 하나 없이 촘촘히 박혀 있는 깨알 같은 글자로 숨이 다 막힐 지경이다), 독자들이 지불한 돈만큼의 값어치가 있어 보이게끔 짤막한 소설을 고무풍선 부풀리듯 잔뜩 부풀린다(망망대해 같은 여백 속에 본문 전체가 침수되어, 문장들이 허우적댄다). 책의 표지에 띠지를 둘러 100미터 밖에서도 눈에 거슬릴 만큼 새빨간 색깔에 대문짝만한 글씨로 '이 책을 읽어보셨습니까? 이 책을 읽어보셨습니까?'라고 도배해놓기도 한다. 그런가 하면 오톨도톨한 종이에 볼품없는 그림으로 장식된 두툼한 표지로 애서가들을 위한 소장본을 찍어내거나, 인조가죽에 온통 금박칠을 하고 금박으로 글자를 박은 뒤 '호화' 양장본을 사칭하기도 한다.

고도로 발달된 소비 사회에서 책이라는 상품은 핵미사일 만큼은 못 되더라도, 호르몬제를 먹여 사육한 닭만큼은 소중한 존재다. 게다가 여왕이 죽었다는 둥, 대통령이 쫓겨났다는 둥 하면서 단 일주일 만에 나오는 수백만 부의 시사 잡지도 책이라는 사실을 생각할 때, 책을 성장 촉진 호르몬의 투여로 순식간에 비대해지는 닭과 비교하는 것도 그다지 허무맹랑한 일은 아닐 것이다.

이러한 관점에서 보면 책이란 더도 덜도 아닌 소비의 대상에 지나지 않으며, 닭만큼 덧없는 존재이기도 하다. 소비되지 못한 닭이 반품되듯, '팔리지 않는' 책은 즉시 종이 재생 공장으로 보내져, 한번 읽히지도 못하고 죽음을 맞이하는 것이다.

아울러 대학에서 책을 다루는 방식에 대해서도, 정작 그 책의 작가들이 어떻게 생각하고 있는지 곱씹어보는 것이 좋을 것이다. 플래너리 오코너는 대학에서 자신의 작품으로 시험을 치른다는 사실을 알고 즉시 다음과 같은 글을 썼다.

요즘 대학교수들은 작품의 윤곽이 명확하게 드러나지 않는다 싶으면 그 작품을 철저하게 난도질하는 경향이 있다. 마치 온갖 해답이 걸려 있는 연구 문제라도 풀듯이 말이다. 그로 인하여 학생들이 소설을 읽는 즐거움을 영원히 찾지 못하게 되지나 않을지 걱정이다.

—플래너리 오코너, 『존재의 습관』에서

57

책에 관한 이야기는 이쯤 해두고, 독자의 문제로 넘어가 보자.

책을 어떻게 다루는가 하는 문제보다는, 책을 어떻게 읽 을 것인가 하는 문제가 우리에게 더욱 많은 것을 가르쳐줄 수 있기 때문이다.

독서에 관한 한, 우리 독자들은 스스로 모든 권리를 허용 한다. 우리가 이른바 독서 지도를 한다면서 청소년들에게는 일절 허용하지 않았던 권리를 비롯해서 말이다.

1) 책을 읽지 않을 권리.

2) 건너뛰며 읽을 권리.

3) 책을 끝까지 읽지 않을 권리.

4) 책을 다시 읽을 권리.

5) 아무 책이나 읽을 권리.

6) 보바리슴을 누릴 권리.

7) 아무 데서나 읽을 권리.

8) 군데군데 골라 읽을 권리.

9) 소리 내서 읽을 권리.

10) 읽고 나서 아무 말도 하지 않을 권리.

편의상 열 가지 정도만 다루려 한다. 우선은 열이 딱 떨어지는 숫자이기 때문이고, 모세의 십계명에도 쓰인 신성한 숫자이기 때문이다. 게다가 모세의 십계명과는 달리 금기가 아닌 허용을 열거하고 있으니 그 아니 유쾌한가.

만일 우리의 아들딸이, 청소년들이 책을 읽기를 바란다면, 무엇보다 먼저 우리에게 주어진 권리를 그들도 누릴 수 있도록 허용해주어야 한다.

무엇을 어떻게 읽든
── 침해할 수 없는 독자의 권리

1
책을 읽지 않을 권리

존중해야 할 모든 권리 목록이 그렇듯이, 독서에 관한 권리 목록도 가장 먼저 그것을 행사하지 않을 권리로부터 — 즉, 책을 읽지 않을 권리 — 시작되어야 한다. 그렇지 않다면 그것은 권리 목록이 아니라, 또 하나의 엉큼한 속임수에 지나지 않을 것이다.

사실 대부분의 독자는 일상에서 책을 읽지 않을 권리를 이미 누리고 있다. 우리의 자존심을 여지없이 무너뜨리는 사실이라서 인정하고 싶지 않지만, 훌륭한 책과 저질 텔레비전 영화 중에서 선택되는 쪽은 언제나 후자다. 게다가 우리는 꾸준히 책을 읽는 것도 아니다. 책을 읽고 나면 한동안은 책만 봐도 속에서 신물이 올라올 정도로 오랜 휴지기가 찾아오기 마련이다.

하지만 정작 중요한 문제는 다른 데 있다.

주변을 둘러보면 학위에 '탁월한' 능력까지 겸비한 — 게다가 더러는 멋들어진 서재까지 구비한 — 그야말로 존경받을 만한 인물이 책을 읽지 않는 경우가 허다하다. 읽더라도 어쩌다 한번 읽을까 말까 한 정도라서 그들에게 책을 선물할 생각은 추호도 없다. 그들은 책을 읽지 않는다. 아마도 책을 읽어야 할 필요성을 느끼지 못하거나, 다른 볼일이 많아서일 게다. (하다 보니 결국 같은 얘기가 되었다. 다른 볼일만으로도 충분히 만족하거나 정신이 팔려서 책을 읽을 필요성을 못 느낀다는 소리일 테니까.) 아니면 다른 뭔가를 사랑해서 거기에만 정성을 쏟느라 여력이 없어서인지도 모르겠다. 여하튼 그들은 책 읽는 걸 **좋아하지 않는다.** 그렇다고 그들이 사귈 만한 사람이 못 된다는 얘기는 전혀 아니다. 아니 때론 그들과의 교제가 더없이 유쾌하다. (적어도 그들은 걸핏하면 우리에게 최근에 읽은 책에 대해서 어떻게 생각하느냐고 캐묻지도, 우리가 좋아하는 소설가에 대해 냉소적인 태도를 보이지도 않는다. 또 비평가 뒤크몰 같은 위인이 극찬을 한 모 작가의 최신작을 부리나케 달려가 사 읽지 않았다고 우리를 한심해하지도 않는다.) 그들은 우리만큼이나 '인간적'이고, 세상의 불행에 민감하고, '인간의 권리'를 염려하며, 힘닿는 한 그 권리를 존중하려고 애쓴다. 그 정도만으로도 대단하다. 다만 책을 읽지 않을 뿐이다. 그리고 그것은 그 사람들의 자유다.

약간의 예외는 있으나 독서가 사람을 '인간답게 만든다'는 생각은 대체로 옳다. 체호프를 읽기 전보다는 읽고 난 뒤에 보다 '인간적'이 된다고, 다시 말해 인류에 대한 유대감이 조금 더 커진다고 (그러니까 조금 덜 '야만적'이 된다고도) 할 수 있을 것이다.

하지만 이런 생각을 내세워 책을 읽지 않는 사람은 볼 것도 없이 야만인이 될 소지가 다분하다든가 형편없는 무지렁이일 거라고 단정 짓는 것은 분명 피해야 할 일이다. 그렇지 않으면 독서를 어떤 **도덕적 의무**로 여기게 할 것이고, 이는 곧 책에 대해 섣부른 가치 판단을 내리게 만들 것이다. 이를 테면 또 하나의 불가침 권리인 창조의 자유를 전혀 고려치 않고 책의 '도덕성'을 평가하는 경우처럼 말이다. 그렇다면 설령 우리가 아무리 책깨나 읽는 '독자'일지라도, 무지막지한 야만인과 다름없을 것이다. 그리고 틀림없이 이런 유의 야만인은 세계 도처에 넘쳐날 것이다.

다시 말해서, **쓰기의 자유**는 결코 **읽기의 의무**와 양립할 수 없다.

교육의 과제란 본래 아이들에게 읽는 법을 가르치고 문학을 일깨워줌으로써, 아이들 스스로 자유롭게 '책의 필요성' 여부를 판단할 수 있도록 하는 데 있다. 어떤 사람이 독서를 거부한다면 그것은 충분히 납득할 수 있는 일이지만, 그가 독서로부터 배척당하거나 그렇게 느끼는 것은 도저히 견딜 수 없는 일이기 때문이다.

책으로부터 소외된다는 것은 — 읽지 않아도 사는 데 조금도 지장을 주지 않을 책일지라도 — 그보다 더한 고독은 없을 만큼 절대적인 고독이자 크나큰 슬픔이다.

2
건너뛰며 읽을 권리

열두 살인가 열세 살 때(열세 살이었던 것 같다. 당시 난 어수룩하기 짝이 없는 중학교 2학년이었다) 처음으로 『전쟁과 평화』를 읽었다. 여름 방학의 초입부터 형(앞서 말한 『계절풍』을 읽던 형)은 그 두꺼운 책에 푹 빠져 있었다. 그럴 때 형의 눈빛은 고향 생각을 오래전에 잊은 탐험가처럼 아련해지곤 했다.

"형, 그렇게 재미있어?"

"응, 무지."

"무슨 얘긴데?"

"으응, 어떤 여자가 한 남자를 사랑하다, 결국은 세번째 남자와 결혼하게 된다는 얘기야."

우리 형은 줄거리 요약하는 데만은 정말 비상한 재주를 갖고 있었다. 만약 출판사에서 형에게 '책 소개글'(으레 책 뒤표지에 덧붙여지곤 하는, 독자들에게 읽기를 권하는 그 감동적인 수사들 말이다)을 맡긴다면, 독자들은 그 쓸데없는 허다한 빈말을 굳이 읽지 않아도 될 것이다.

"형, 그 책 나 좀 빌려줄래?"

"그냥 너 가져."

기숙사에서 지내야 하는 내게 그것은 대단한 선물이었다. 그 두꺼운 책 두 권이 다음 학기 내내 나를 달뜨게 했다. 나보다 다섯 살 위였던 형은 그렇게 형편없이 어수룩한 편은 아니라서(하긴 형은 한 번도 어수룩한 적이 없었다), 『전쟁과 평화』속 사랑 이야기가 아무리 파란만장하다 할지라도 그 책을 단순히 사랑 이야기로만 요약할 수는 없다는 것쯤을 몰랐을 리가 없다. 다만 내가 불꽃이 튈 만큼 격정적인 이야기를 좋아한다는 것을 익히 알고 있던 터라, 알 듯 모를 듯 줄거리를 요약하여 은연중에 나의 호기심을 부추겼던 것이다. (그야말로 내 맘에 딱 드는 '사부님'이었던 셈이다.) 확언하건대 내가 잠시나마 청소년 문고며 추리소설을 밀쳐놓고 『전쟁과 평화』에 빠져든 것은 난해한 수학 문제 같은 형의 그 알쏭달쏭한 말 때문이었던 것 같다. '한 남자를 사랑하다 결국은 세번째 남자와 결혼하게 되는 여자'라니, 이런 말을 듣고서도 책을 들춰보지 않을 사람이 누가 있겠는가. 그리고 내가 그 책에 조금도 실망하지 않은 탓에, 결국 형의 계산은 틀리게 되어버렸다. 나타샤를 사랑한 사람은 모두 넷이었던 것이다. 안드레이 공작, 건달 아나톨(하지만 그런 것도 사랑이라 할 수 있을까?), 피예르 베주호프, 그리고 나, 이렇게 넷 말이다. 하지만 내게는 기회가 없었으므로, 결국 다

른 인물들과 (아나톨 같은 파렴치한은 빼놓고) 나를 '동일시'
할 수밖에 없었다.

더욱이 한밤중에 50명의 친구가 코를 골고 꿈나라를 헤매
고 있는 기숙사 방 한가운데서, 이불을 텐트처럼 뒤집어쓴
채 손전등을 비추어가며 책을 읽는 맛이란 이루 말할 수 없
이 달콤했다. 희미한 불빛이 새어 나오는 감시 초소를 지척
에 두고도, 언제나 나의 마음을 졸이게 만든 것은 오로지 사
랑을 얻느냐 마느냐뿐이었다. 당시 내 손에 쥐어 있던 그 책
의 두께며 무게가 아직도 생생하기만 하다. 문고판으로, 표
지는 영화에서 공작 역을 맡았던 멜 페러가 사랑에 빠진 그
윽한 눈빛으로 오드리 헵번의 사랑스러운 얼굴을 내려다보
고 있는 사진이었다. 나는 나타샤의 진심이 너무도 궁금하
여 책의 4분의 3을 그냥 건너뛰었다. 아나톨이 다리를 잃는
대목에서는 조금은 불쌍하다는 생각이 들기도 했다. 안드레
이 공작이란 멍청한 작자가 포탄이 쏟아지는 보로디노 전투
에서 멀거니 서 있는 대목에서는 울화통이 터졌다. ('이 멍
청아, 제발 납작 엎드려. 곧 포탄이 터질 텐데. 나타샤에게 그
럴 순 없어. 나타샤는 널 사랑한단 말이야!') 나는 사랑이나 전
투 이야기가 나오는 대목만 열심히 골라 읽고, 정치나 전술
따위의 이야기는 대충 건너뛰었다. 또 클라우제비츠의 전술
이론도 정말이지 나의 얄팍한 지력으론 도저히 따라잡을 수
가 없는 내용이라 그냥 통과해버렸다. 대신 피예르와 옐렌

(난 옐렌이 영 마음에 들지 않았다. 정말 눈엣가시 같은 여자였다)이 파경에 이르는 과정은 큰 관심을 갖고 끝까지 지켜보았다. 그리고 영원한 조국 러시아의 토지 제도 문제에 대해서는 톨스토이 홀로 장광설을 펼치도록 내버려 둔 채……과감히 건너뛰었다.

아무튼 난 수도 없이 책을 건너뛰었다.

나만 그런 건 아닐 것이다. 다른 아이들도 다들 나처럼 책을 읽었을 게 분명하다.

그러면서 아이들은 그 나이에 좀처럼 접할 수 없으리라 여겨지는 그 모든 경이에 조금씩 다가갈 것이다 .

만약 아이들이 『모비딕』을 읽고 싶은데 멜빌이 고래 사냥의 장비며 기술을 한도 끝도 없이 장황하게 늘어놓는 바람에 번번이 도중하차할 수밖에 없다면, 읽기를 포기하느니 차라리 그 대목을 건너뛰는 편이 훨씬 나을 것이다. 나머지 내용들이야 어찌 되었든 경중경중 건너뛰며 열심히 에이하브 선장을 쫓아다니고 볼 일이다. 에이하브 선장이 죽기 살기로 흰고래를 쫓아다녔듯 말이다! 만약에 아이들이 이반, 드미트리, 알료샤 카라마조프와 그들의 기상천외한 아비가 어떤 사람들인지 궁금해한다면, 『카라마조프가의 형제들』을 펼쳐 들고 읽으라고 하면 된다. 조시마 장로의 유언이나 대심문관의 이야기가 나오는 부분을 건너뛴다 할지라도 아이들로서는 그러는 편이 나을 것이다.

그러나 아이들이 이해할 수 있는 부분과 건너뛰어도 좋을 부분을 아이들 스스로의 판단에 맡기지 않고 누군가가 아이들 대신 결정한다는 건 참으로 무모하기 짝이 없는 노릇이다. 그들은 무지막지한 커다란 가위를 손에 들고, 아이들에게 너무 '어렵다'고 판단되는 대목은 무턱대고 잘라버릴 것이다. 그렇게 되면 끔찍한 결과를 낳게 된다. 『모비딕』이나 『레미제라블』이 졸지에 150페이지짜리로 줄어들어 형편없이 잘리고, 훼손되고, 쪼그라들고, 말라비틀어진 몰골이 되었다가, 종국에는 아이들의 눈높이에 맞춘답시고 빈약하기 짝이 없는 언어로 아예 **다시 쓰이는** 참담한 지경에 이를 테니 말이다! 그건 마치 피카소의 「게르니카」를 열두어 살 먹은 아이가 보기에는 지나치게 복잡하다는 이유로 누군가가 다시 그려보겠다고 덤비는 격이다.

솔직히 인정하고 싶지는 않지만, 때론 어엿한 '성인'인 우리조차 대충 건너뛰면서 책을 읽는 경우는 허다하다. 순전히 우리 자신과 우리가 읽는 책에만 해당될 변명을 늘어놓으며 말이다. 때로는 절대로 대충대충 건너뛰는 일 없이 처음부터 끝까지 찬찬히 살필 요량으로 마음을 단단히 다잡고 책을 읽는 경우도 있다. 그럴 때면 작가가 이 부분에서는 장황한 설명을 한없이 늘어놓다가, 저 부분에서는 뜬금없이 웬 플루트 소곡을 멋들어지게 연주하고 있다는 생각이 들기도 한다. 그런가 하면 여기서는 했던 말을 계속 되풀이하고 있다든가, 저기서는 말도 안 되는 헛소리를 늘어놓는다는 인상이 들기도 한다. 하지만 우리가 어떻게 말하든, 우리 스스로 자청한 이런 식의 고집스러운 권태는 결코 의무의 차원이 아니라 어디까지나 독자가 누리는 즐거움의 일환인 것이다.

3
책을 끝까지 읽지 않을 권리

한 권의 소설책을 끝까지 읽지 못하고 던져버릴 만한 이유는 3만 6,000가지쯤 있다. 이를테면 전에 어디선가 읽은 듯한 느낌이 들어서, 그다지 관심을 끌 만한 이야기가 아니라서, 작가가 주장하는 바에 전혀 동조할 수가 없어서, 혹은 닭살이 돋을 만큼 문체가 역겨워서, 더 이상 읽어나갈 이유를 찾지 못할 만큼 문체가 진부해서라는 등…… 이유는 헤아릴 수 없이 많다. 하지만 여기서 굳이 나머지 3만 5,995가지 이유까지 일일이 열거할 필요는 없을 것 같다. 그중에는 때아닌 치통이라든가, 근무 중에 책을 본다고 화가 난 상사의 질타라든가, 혹은 두뇌 회전을 마비시킬 만한 어떤 심적 타격도 포함될 것이다.

책이 우리 손에서 떨어져 나간다면?

그것으로 그만이다.

어쨌거나 제아무리 몽테스키외라 한들, 마음에도 없는 책을 억지로 한 시간씩 읽어가며 마음의 위안을 삼을 수는 없는 노릇일 테니 말이다.

하지만 읽기를 포기하는 숱한 이유 가운데 한 가지만은 좀더 시간을 들여 곰곰이 생각해볼 필요가 있다. 어렴풋이나마 패배한 느낌을 받아 책을 다 읽지 못하는 경우다. 책을 펼쳐 들고 읽기 시작한 지 얼마 되지도 않아 나보다 강하다는 느낌에 압도될 때가 있다. 정신을 가다듬고 책과 씨름해보지만, 사정은 조금도 나아지질 않는다. 충분히 읽어볼 만한 가치가 있는 글이라는 생각은 들지만, 도무지 이해할 수가 없다. 어쩌다 더러 이해되는 부분도 있겠지만 극히 일부일 뿐이다. 그 어떤 것도 확연히 와닿지 않고, 생소한 '이질감'만 느껴질 뿐이다.

결국 읽기를 포기하고 만다.

아니, 잠시 밀쳐둔다는 표현이 더 정확할지 모르겠다. 언젠가 기회가 되면 다시 한번 읽어보리라고 막연하게 생각하면서 책장 한구석에 밀쳐두는 것이다. 그렇게 해서 안드레이 벨리의 『페테르부르크』, 조이스의 『율리시스』, 맬컴 라우리의 『화산 아래서』는 내 책꽂이에 꽂힌 채 몇 년을 기다려야 했다. 아직도 내 책꽂이에는 내가 읽어주기만을 기다리는 책이 많이 있다. 그 가운데 몇 권은 영영 다시 들추지 않을지도 모르겠다. 하지만 굳이 그걸 심각하게 받아들일 필요는 없을 것 같다. 뭐 그럴 수도 있는 일이잖는가. '성숙'이란 개념은 독서에 관한 한 각별한 의미를 지닌다. 어떤 작품은 어느 정도 나이가 들 때까지는 읽지 못하는 경우가 있다. 하지만 좋은 술과는 달리, 좋은 책은 나이를 먹지 않는다. 좋은 책이 책장에서 우리를 기다리는 동안 나이를 먹는 것은 바로 우리다. 그 책을 읽어도 좋을 만큼 충분히 성숙했다고 여겨질 때, 우리는 다시 한번 새롭게 시도한다. 결과는 둘 중 하나다. 마침내 책과의 해후가 이루어지는 경우가 그 하나요, 실패를 거듭하는 경우가 또 하나다. 재차 실패했을 경우, 언젠가 다시 시도해볼 수도 있고, 거기서 그만 주저앉고 말 수도 있다. 하지만 분명한 것은 설사 내가 아직까지 『마의 산』의 정상에 오르지 못했다 하더라도, 그건 결코 토마스 만의 잘못이 아니라는 점이다.

위대한 소설이 쉽게 읽히지 않는다고 하여 그 소설이 반드시 다른 소설보다 **어려운 것**은 아니다. 단지 그 책과 — 제아무리 위대한 소설이라 할지라도 — '이해'할 수 있는 지적 소양을 충분히 갖추었다고 자부하는 우리 사이에 모종의 화학적 반응이 일어나지 않았을 뿐이다. 언젠가는 여태껏 소원히 지냈던 보르헤스와 **눈부신 화해**를 할 날도 올 것이다. 하지만 무질은 평생 섞일 수 없는 이방인으로 남을지도……

따라서 우리는 두 가지 중 하나를 택해야 한다. 우리가 뭔가 모자란 탓이요, 못 말리게 아둔한 탓이라며 한없이 **자책**할 것인가. 아니면 논란의 여지가 많은, **취향**이라는 개념을 물고 늘어져, 우리만의 새로운 목록을 만들 것인가.

아무래도 아이들에게는 후자의 방법을 권하는 것이 현명

할 듯하다.

　새로 작성된 목록은 어쩌면 아이들에게 흔치 않은 즐거움을 가져다줄 수도 있다. 다시 읽어보면서 왜 내가 그 책을 좋아할 수 없는지 그 **이유**를 깨닫는 즐거움을 말이다. 아울러 그 못지않게, 잘난 척하는 사서가 우리 귀에 대고 다음과 같이 악을 써대도 아무런 동요 없이 받아넘길 수 있는 즐거움 또한 각별할 것이다.

　"어머머머 어떻게 스탕달을 좋아하지 않을 수가 있어요?"
　물론 그럴 수 있다.

4
책을 다시 읽을 권리

처음 읽었을 때 제대로 이해하지 못해서 다시 읽기, 중간 중간 건너뛰었던 부분을 찬찬히 되짚어가며 다시 읽기, 새로운 관점으로 다시 읽기, 확인하느라 다시 읽기…… 그렇다. 우리는 이 모든 권리를 얼마든지 누릴 수 있다.

하지만 다시 읽는다는 건 아무런 이유도, 조건도 따르지 않는 무상의 행위일 뿐이다. 우리는 그저 반복하여 읽는 즐거움, 다시 발견하는 즐거움을 누리려고, 또 친밀감을 새삼 확인하려고 다시 읽는다.

"한 번만, 딱 한 번만 더." 어렸을 때 우리는 이렇게 말하곤 했다. 어른이 된 우리가 책을 다시 읽고 싶어 하는 것은 어렸을 때의 바로 그 욕망과 다르지 않다. 즉, 영원히 마법에 걸려 읽을 때마다 새로운 경이로움으로 가득 찬 책을 발견하고 싶은 것이다.

5

아무 책이나 읽을 권리

내가 가르치는 학생들은 '좋은 소설과 나쁜 소설을 구분해서 말할 수 있을까?'라고 하는 거의 고전이 되다시피 한 논술 주제를 대할 때마다, '취향'이란 문제로 혼란을 겪는다. 학생들은 "나로서는 동의할 수 없다"라며 비교적 점잖게 서두를 꺼내지만, 그 문제를 문학적인 측면이 아니라 윤리적인 측면으로만 생각하여 오로지 자율성이라는 관점에서만 문제를 다루려고 한다. 때문에 학생들이 제출한 논술 내용은 한결같이 다음과 같은 요지로 요약될 수 있다. "결단코 그럴 수 없다고 생각한다. 누구에게나 자신이 원하는 것을 쓸 권리가 있다. 또 독자의 취향이 다양하다는 것은 지극히 자연스러운 일이다. 그러므로 그것은 말도 안 되는 헛소리일 뿐이다." 물론 지당하신 말씀이요, 존중할 만한 견해이나……

그럼에도 불구하고 좋은 소설과 나쁜 소설은 있다. 필요하다면 하나하나 제목을 열거할 수도, 조목조목 증거를 댈 수도 있다.

무엇을 어떻게 읽든

간단히 뭉뚱그려 말해보자. 우리 주변에는 똑같은 유형의 이야기를 끝없이 복제해내는 것만으로 자족하면서, 상투적인 인물을 양산하고 감상과 선정성을 적당히 버무려 장사하려드는 유의 문학이 존재한다. 나는 이를 '공산품 문학'이라 부르려 한다. 말하자면 세간의 화제로부터 온갖 소재를 끌어모아 시류에 편승하는 세태 소설을 만들어내는 문학이다. 철저한 '시장 조사'와 '경기 동향'을 분석하여 특정한 독자층에 영합할 만한 특정한 유형의 '상품'을 내다 파는 것이다.

이러한 것이 **나쁜** 소설임은 말할 것도 없다.

왜 그런가? 그러한 소설은 창조의 결실이 아니라, 미리 짜 맞춘 일련의 '형식'을 복제한 것에 지나지 않기 때문이다. 소설이 진실성(복합적이다)의 예술이라고 한다면, 그런 복제품은 단순화(거짓이다)를 추구할 뿐이기 때문이다. 우리의 무의식적 욕망을 자극함으로써, 우리의 호기심만을 달래줄 뿐이기 때문이다. 무엇보다도, 결국 그런 책에서는 작가도, 작가가 보여주겠다고 하는 현실도 전혀 **찾아볼 수가 없기 때문**이다.

한마디로 그것은 정해진 틀에 짜 맞춰져 우리까지도 덩달아 그 틀에 가두고자 하는, 오로지 '즐기기 위해 만들어진' 일회용 문학이다.

그런 한심한 책들이 범람하는 현상이, 단지 최근 들어서 두드러지고 있는 도서의 산업화에서 비롯되었다고는 생각하지 않는다. 결코 그렇지 않다. 작가 불명의 상투적인 문구로 선정적인 자극이나 소모적인 일회적인 정념만을 추구한다거나 안일하게 공포 분위기를 조성한다거나 하는 따위는 비단 어제오늘의 일만이 아니었다. 단적인 예로 기사도 소설이나 그보다 한참 뒤인 낭만주의에서도 그런 쪽으로 빠져든 작품을 얼마든지 찾을 수 있다. 전화위복이란 말이 있듯이, 그런 이탈된 문학의 반작용으로 『돈키호테』와 『보바리 부인』이라는 문학사에 길이 남을 명작이 탄생했던 것이다.

그러므로 '좋은' 소설과 '나쁜' 소설은 분명히 있다.

게다가 우리가 살아가면서 접하는 소설은 대개 후자일 경우가 많다.

실은 나도 그런 소설을 딴엔 '퍽 감명 깊게' 읽었던 기억이 난다. 그러고 보니 나는 참 운이 좋았던 셈이다. 그런 나를 비웃은 사람도, 눈을 위로 치뜨며 난감해한 사람도, 바보 취급을 한 사람도 없었으니 말이다. 그들은 다만 내가 오가는 길목 여기저기에 '좋은' 책 몇 권을 놓아두었을 뿐, 다른 책을 읽는 것까지 굳이 금하려 하지는 않았다.

참으로 지혜로운 대처였던 것 같다.

어느 정도의 시기까지는, 좋은 책과 나쁜 책을 가리지 않고 마구 뒤섞어 읽기 마련이다. 어렸을 때 읽은 책들을 하루아침에 놓아버리는 것이 아니듯 말이다. 온갖 것이 다 섞여 있다. 『전쟁과 평화』를 읽다가 다시 청소년 문고에 매달리

기도 하고, 아를르캥 문고(멋있는 군의관과 그에 걸맞은 간호사 사이의 사랑 이야기를 모아놓은)에서 보리스 파스테르나크의 『닥터 지바고』로 넘어가기도 한다. 지바고 역시 잘생긴 군의관일 뿐 아니라 라라 또한 얼마나 잘 어울리는 매력적인 간호사인가!

그러다가 어느 날부터인가 파스테르나크가 더 좋아지기 시작한다. 우리도 모르는 사이에 우리의 욕구가 '좋은' 책을 더 자주 찾게끔 부추기는 것이다. 우리는 차츰 작가를, 글을 찾아 나서게 된다. 더 이상 놀이 상대로서의 책을 원하는 것이 아니라, **더불어 존재할 동반자**로서의 책을 필요로 하게 되는 것이다. 이제 흥미로운 일화 수준의 이야기만으로는 족하지 않다. 오로지 **감각**만의 절대적이고 즉각적인 충족이 아닌 다른 무엇을 소설에 요구하는 순간이 온 것이다.

'교사'로서 느끼는 가장 큰 보람 중의 하나는 한 학생이 — 아무 책이든 얼마든지 읽을 수 있는데도 — 대량으로 쏟아져 나오는 그 숱한 베스트셀러를 분연히 떨치고 일어나, 굳이 혼자서 가파른 길을 올라 발자크를 벗 삼아 마음의 안식을 찾는 모습을 지켜보는 것이다.

6
보바리슴을 누릴 권리
— 책을 통해서 전염되는 병

'보바리슴'이란 뭉뚱그려 얘기하자면 앞서 말한 바로 그 '감각만의 절대적이고 즉각적인 충족감'에 다름 아니다. 즉 상상이 극에 달해 온 신경이 떨려오고 심장이 달아오르며 아드레날린이 마구 분출되는 가운데 주인공의 세계에 완전 동화되어, 어처구니없게도 대뇌마저 (잠시나마) 일상과 소설의 세계를 혼동하기에 이르는……

독자라면 누구나 처음 한동안은 경험하기 마련인,

더없이 감미로운 상태인 것이다.

하지만 어른들이 보기에는 매우 황당한 중증 증세가 아닐 수 없다. 보다 못한 어른들은 보바리슴에 빠진 아이의 면전에 '권장 도서' 한 권을 들이밀며 이렇게 소리친다.

"자, 아무려면 모파상이 그보다야 '낫겠지,' 안 그러냐?"

무턱대고 흥분할 일만은 아니다. 우리마저 보바리슴에 빠져 현실과 소설의 세계를 혼동하지 않으려면 말이다. 사실 따지고 보면 에마 보바리는 결국 소설 속의 인물일 뿐이다. 즉 귀스타브*가 심어놓은 원인인 만큼 당연히 플로베르가

고대하던 결과를 — 그 인과 관계가 제아무리 사실 같아 보일지라도 — 낳기에 이르는 그 뻔한 결정론적 소산이 바로 에마라는 인물인 것이다.

다시 말해 내 딸아이가 아를르캥 문고만 끼고돈다고 하여 언젠가 에마처럼 비소를 한 움큼 삼키리라는 법은 없다는 얘기다.

자기 나름대로 독서의 한 단계를 거치고 있는 아이에게 억지로 다른 책을 쥐여준다는 것은 우리 자신이 겪었던 성장 과정을 부인하는 것이나 마찬가지이며, 이는 결국 아이와 우리 사이에 깊은 단절을 가져올 뿐이다. 뿐만 아니라 그것은 언젠가 아이 스스로 판에 박힌 책들을 단호히 집어던지면서 느낄 그 비할 데 없는 뿌듯함을 빼앗아버리는 일이기도 하다. 비록 지금 당장은 그 상투적인 책들 때문에 아이가 정신을 못 차리는 듯이 보일지라도 말이다.

우리 자신의 청소년 시절과 화해하는 것이 현명한 태도다. 그맘때의 우리가 어떠했든 그런 자신의 모습을 증오하고, 경멸하고, 부정하거나 까맣게 잊어버린다면 그것 자체가 성장기를 무슨 몹쓸 병인 양 치부하는 미성숙한 태도일 것이다.

* 『보바리 부인』을 지은 프랑스의 소설가 귀스타브 플로베르(1821~1880)를 가리킨다.

그러므로 우리가 책을 읽으면서 느꼈던 최초의 감동을 되새기고, 얼마만큼은 예전에 우리가 읽었던 책들에 경의를 표할 필요가 있다. 설사 형편없는 '삼류 소설'이었을지라도 그 책들은 더없이 귀중한 역할을 한다. 즉, 우리는 예전에 우리를 감동시켰던 것에 실소를 금치 못하면서도 한편으로는 그러한 것에 감동할 수 있었던 우리 자신의 모습에 더없이 감동을 받는다. 우리와 삶을 함께하는 소년 소녀들 또한 분명 그러한 책들에 존경과 애정을 가지고 감동을 받을 것임에 틀림없다.

　더욱이 보바리슴은 — 보바리슴만 그런 것은 아니지만 — 세상 누구나가 공유할 수 있는 지극히 보편적인 현상이다. 그런데도 우리는 늘 다른 사람의 보바리슴만을 맹렬히 몰아세운다. 청소년들의 형편없는 독서 수준을 개탄하면서도, 정작 우리 자신은 텔레비전에 자주 나오는 인기 작가를 맹종하다가 유행이 바뀌면 언제 그랬냐는 듯이 그 작가에 대해서 핏대를 세우기 일쑤다. 문단의 인기란 대개, 바로 그 빛나는 열정과 냉철한 거부를 수시로 오가는 우리의 변덕으로부터 비롯된다고 할 수 있다.

　결코 기만당하지 않을, 누구보다 명석한 우리이기에 오늘날에도 우리는 과거의 우리를 그대로 답습하고 있을 뿐이다. 보바리 부인은 나 아닌 다른 사람이라고 철석같이 믿으면서 말이다.

아마 에마도 그렇게 믿어 의심치 않았으리라.

7
아무 데서나 읽을 권리

1971년 겨울, 샬롱쉬르마른.

포병학교의 막사.

오전 사역을 지시받는 시간이면 아무개 이등병(군번 146 72/1, 우리 부대에서는 꽤 유명한 인물이다)은, 누구나 기피하며 죽자고 해봤자 보람도 없고 주로 징계 수단으로 부과되는 까닭, 굳건히 지켜온 자신의 명예에 두고두고 오점으로 남을 그 일을 늘 한사코 자청하여 떠맡곤 한다. 다들 입에 담기도 싫어할 만큼 치욕적이고 불명예스러운 일, 바로 '변소 청소'를 말이다.

그는 (짐짓 속으로) 미소까지 띠어가며,

아침마다 그 일을 한다.

"오늘 변소 청소 당번은?"

그가 냉큼 나선다.

"예, 아무갭니다!"

그는 돌격을 눈앞에 둔 것 같은 더없이 비장한 표정으로, 천 조각이 너덜거리는 대걸레가 부대의 깃발이라도 되는 듯

부여잡고서, 막사 전체가 안도의 숨을 내쉬는 와중에 재빨리 사라진다. 용감하기 그지없는 병사다. 그를 따라나설 자가 아무도 없으니 말이다. 나머지 사병들은 전부 참호에 들러붙어서 각자의 명예로운 사역에 매달린다.

몇 시간이 흐른다. 모두 그가 결국 적진에서 실종되었나 보다고 생각할 즈음이다. 다들 그를 거의 잊어간다. 아니 까맣게 잊어버린다. 하지만 오전 일과가 끝나갈 무렵이면, 그는 어김없이 군화를 저벅거리며 나타나서 부대장에게 보고한다. "부대장님, '변소 청소 이상 무' 보고합니다." 부대장은 대걸레를 회수하면서 알다가도 모를 녀석이라는 뜨악한 표정을 짓지만 더 이상 별다른 질문은 하지 않는다. (최소한의 인격 존중.) 사병은 경례를 마치고 돌아서 나온다. 자기만의 비밀을 고이 간직한 채.

군복의 오른쪽 주머니에 고이 간직한 그의 비밀은 묵직하기 이를 데 없다. 니콜라이 고골의 전 작품을 실은 무려 1,900페이지에 달하는 플레이아드판 작가 총서이기 때문이다. 15분 정도 쓱싹 대걸레질을 마치고 나면 오전은 오직 고골만을 위한 시간이다. 두 달 전 겨울이 시작될 무렵부터 매일 아침 아무개 이등병은 화장실 문을 철통같이 걸어 잠그고는 변기 위에 편안하게 앉아 병영 생활의 온갖 시름을 떨쳐버린다. 고골 삼매경에 빠져서! 그는 고골의 모든 작품을 섭렵해나간다. 고향에 대한 그리움이 가득 배어 있는 『우크

라이나의 밤』에서부터 웃음을 자아내는 『페테르부르크 이야기』며, 무시무시한 『타라스 불바』와 풍자로 가득 찬 『죽은 혼』에 이르기까지. 희곡이며 서간문까지도 결코 놓치는 법이 없다. 타르튀프*만큼이나 기상천외한 인물인 고골……

알고 보니 고골은 몰리에르를 지어내고도 남았을 타르튀프였다 ─ 아무개 사병이 변소 청소를 다른 사병에게 넘겨주었더라면 꿈에서도 알지 못했을 사실이다.

군대란 무훈을 찬양하기 마련이다.

아무개 사병은 화장실 물받이 통에다가 프랑스 문학사에 길이 남을 찬란한 시구 두 줄을 새겨놓았다.

난 척하던 선생이여, 자리에 앉으라.

나는 당당히 말하노라, 변기통에 쭈그리고 앉아 고골을 다 읽었노라고.

(비슷한 예로, '호랑이'라고 불렸던 노장군 클레망소도 변비가 없었더라면 결코 생시몽의 『회고록』을 읽는 쏠쏠한 즐거움을 맛보지 못했을 거라고 실토하면서, 만성 변비에 시달린 걸 오히려 고마워하기도 했다.)

* 프랑스의 극작가 몰리에르(1622~1673)의 희곡 『타르튀프』에 나오는 위선적인 주인공.

8
군데군데 골라 읽을 권리

나는 중간중간 골라 읽기를 밥 먹듯 한다. 우리 모두가 그러하다. 그러니 아이들도 그러도록 내버려 두자.

우리는 책꽂이에서 아무 책이나 꺼내 들고 아무 데나 펼쳐서 우리에게 허용된 잠시 동안이나마 책에 빠져들 자유가 있다. 단편이나 여러 장으로 나뉘어 있어서 부분 부분 골라 읽기에 제격인 책이 더러 있다. 이를테면 알퐁스 알레나 우디 앨런의 작품집, 카프카나 사키의 단편집, 조르주 페로스의 『파피에 콜레』, 혹은 오래되었지만 여전히 좋은 라로슈푸코의 글을 비롯하여 시인들 대부분의 작품이 그러하다.

말하자면 프루스트나 셰익스피어, 레이먼드 챈들러의 서간집을 아무 데나 펼쳐서, 여기저기 마음에 드는 대목만을 골라서 읽는다면, 적어도 실망할 염려는 없을 것이다.

베네치아에서 일주일을 보낼 시간도 여유도 없는데, 5분 간만이라도 책을 통해 베네치아를 둘러볼 권리를 굳이 마다할 이유가 없잖은가?

9
소리 내서 읽을 권리

아내에게 묻는다.

"어렸을 때 큰 소리로 책을 읽어준 사람이 있었어?"

아내가 대답한다.

"없었어. 아버지는 출장을 자주 다니셨고 어머니는 늘 바쁘셨거든."

내가 다시 묻는다.

"아니 그러면 언제부터 그렇게 큰 소리로 책 읽는 것을 좋아하게 된 거야?"

아내가 대답한다.

"학교에 다니면서부터."

누군가 학교의 공로를 인정해주는 것이 뿌듯하여, 나는 반색을 하며 외친다.

"아하! 그랬군!"

"그게 아니야. 학교에선 절대 큰 소리로 책을 읽지 **못하게 했어**. 그 시절에는 소리 내지 않고 책을 읽어야 하는 것이 불문율이었잖아. 눈에서 곧장 머리로 직행해야 했다고. 순간

이동. 그야말로 신속 정확하게 말이야. 그러곤 제대로 이해
했는지 열 줄 간격으로 테스트를 하곤 했지. 처음부터 분석
과 해석이 종교나 마찬가지였어. 아이들은 대부분 공포에
질려 숨도 못 쉴 지경이었어. 글을 채 익히기도 전인 그때부
터 이미! 당신이 묻길래 하는 소리지만, 내 답은 늘 틀에 맞
춘 듯 정확했어. 하지만 집에 오면 꼭 큰 소리로 처음부터 책
을 다시 읽곤 했지."

"왜?"

"신기했거든. 말이 내 입에서 튀어나오자마자 나와는 상
관없는 별개의 존재가 되는 것 같았어. 말들이 정말로 생생
하게 살아 움직이는 듯했어. 그리고 그것이 내게는 진정 사
랑하는 일처럼 여겨졌어. 아니 사랑 그 자체인 것만 같았어.
나는 늘 책에 대한 사랑이란 아주 즉각적인 사랑으로 표현
된다는 느낌을 받곤 했어. 침대에 나 대신 인형을 눕혀놓고
책을 읽어주기도 했지. 그러다가 바닥에서 잠들기 일쑤였지
만."

아내의 말을 듣고 있노라니 불현듯…… 절망에 빠진 딜
런 토머스*가 술에 취해 대성당을 쩌렁쩌렁 울릴 듯한 장중
한 목소리로 자작시를 낭송하는 소리가 귓전에 맴도는 듯하
다……

* 딜런 토머스(1914~1953)는 1930년대를 대표하는 영국의 시인이다.

아내의 말을 들으니, 죽음을 앞둔 노년의 앙상하고 창백한 디킨스가 연단에 올라가는 모습이 눈에 선하다. 까막눈의 무지한 청중이 일시에 굳어져 숨을 죽인 채 다들 책장을 넘기는 그의 기적에 귀를 기울인다. 올리버 트위스트…… 낸시의 죽음…… 그는 낸시가 죽는 바로 그 대목을 읽어주려는 것이다!

아내의 말을 듣고 있노라니, 카프카가 막스 브로트에게 『변신』을 읽어주면서 눈물 나도록 웃어젖히던 소리가 들리는 듯하다. 정작 막스 브로트는 도무지 무슨 얘기인지 몰랐지만…… 그런가 하면 자그마한 메리 셸리가 퍼시와 눈이 휘둥그레진 친구들에게 『프랑켄슈타인』의 한 대목을 읽어주는 장면이……

아내의 말을 들으니, 지드에게 『티보가의 사람들』을 읽어주는 마르탱뒤가르가 떠오른다. 그들은 강가에 앉아 있다. 마르탱뒤가르는 열심히 책을 읽는다. 지드는 책에 영 관심이 없는지…… 그의 시선은 멀리, 햇빛을 받아 수면이 일렁이는 그림 같은 절경 속에서…… 수영을 즐기는 두 젊은이를 좇고 있다. 마르탱뒤가르는 화가 났을까…… 아니, 그렇지 않다. 그는 끝까지 다 읽었고, 지드는 끝까지 들었다. 지드는 그에게 아주 훌륭한 소설인 것 같다고 말한다. 하지만 그래도 군데군데 조금은 손봐야 할 필요가 있다며 여기저기의 이런저런 구절을……

그런데 도스토옙스키는 소리 내서 책을 읽는 것만으로 만족한 것이 아니라, 아예 처음부터 큰 소리로 글을 불러주며 책을 **썼다**. 한번은 숨이 차도록 라스콜니코프(아니면 드미트리 카라마조프였던가, 잘 생각나지 않지만)에 대한 검사의 논고를 불러준 도스토옙스키가 받아쓰던 아내 안나 그리고리예브나에게 물었다. "그래, 당신이 보기엔 판결이 어떻게 날 것 같소?"

안나: "유죄요!"

그러고 나서 피고에 대한 변론을 받아 적게 한 뒤 재차 묻는다. "자, 이번엔?"

안나: "무죄요!"

그랬는데……

낭독이 자취를 감추다니 알다가도 모를 일이다. 도스토옙스키가 이런 사실을 안다면 뭐라고 할까? 그리고 플로베르는? 단어들을 머리에 꾸역꾸역 쑤셔 넣기에 앞서 입으로 소리 내어보는 권리는 이제 필요 없다는 말인가? 들어줄 귀도, 음악과 같은 소리의 하모니도, 침 튀기는 열정도, 말이 빚어내는 오묘한 맛도 없어졌다는 것인가? 어디 그뿐이랴! 플로베르는 고막이 터질 정도로 큰 소리로 『보바리 부인』을 읽어대지 않았던가? 그러니 그는 텍스트에 대한 이해란 무엇보다도 말이 빚어내는 **소리**를 통해서 이루어진다는 사실을, 그리고 바로 그 **소리**에서 온갖 의미가 솟아난다는 사실을 누구보다도 속속들이 간파하지 않았겠는가? 음절의 불협화음과 음률의 구속에 대하여 그토록 절치부심했던 플로베르가 **의미**란 **발음되는** 것이라는 점을 모를 리가 있었겠는가? 뭐라고? 소리 없는 글이 순수한 정신을 대변한다고? 나에게 라블레를! 나에게 플로베르를! 도스토옙스키를! 카프카를! 디킨스를! 큰 소리로 떠들며 의미를 창조해낸 거장들이여, 어서 내게 오라! 와서 우리의 책에 입김을 불어넣어 달라! 우리의 말은 육신이 필요하다! 우리의 책은 생명이 필요하다!

소리를 내지 않고 읽는 글…… 편한 건 사실이다. 디킨스처럼 굳이 자신의 기력까지 소진해가며 대중을 상대로 낭독을 일삼다가 끝내 죽음을 자초할 염려는 없을 테니까 말이다. 텍스트와 자기 자신의…… 그 모든 말은 우리의 지성이 펼쳐내는 그럴듯한 수사 속에 봉해진 채…… 말없이 우리만의 해석을 엮어나가는 동안 마치 우리가 뭔가 대단한 사람이라도 된 듯한 느낌이다! 게다가 자기 혼자 마음속으로 책을 평가하면 책으로부터 평가당할 위험은 감수하지 않아도 된다. 목소리가 끼어들면 그때부터 책은 읽는 사람을 여실히 드러내며, 모든 것을 말해주기 때문이다.

소리 내어 책을 읽는 사람은 자신을 적나라하게 드러내는 셈이다. 만약 자신이 읽고 있는 것을 제대로 이해하지 못한다면, 무슨 말을 읽고 있는 건지 모른다면, 그보다 곤혹스러운 일은 없을 것이며 그 참담한 속내는 다른 사람의 귀에도 전해진다. 만약 그가 책의 내용을 전혀 실감하지 못한 채 건성으로 읽는다면, 그가 읽는 내용은 생명 없는 죽은 글일 뿐일 테고, 그것은 다른 사람에게도 고스란히 느껴진다. 만약 읽고 있는 작품은 뒷전인 채 자신의 존재만을 열심히 내세운 나머지 작가의 말이 실종되고 만다면 그보다 더한 희극은 없을 것이며, 그 역시도 속속들이 간파될 것이다. 그러니 소리 내어 책을 읽는 사람은 그것을 듣는 사람 앞에서 자신을 적나라하게 드러내는 셈이다.

그가 진정으로 책을 읽는다면, 자신의 희열을 애써 누르고 거기에 자신의 지식을 보탠다면, 책을 읽으면서 작가와 그가 쓴 글에 교감하듯 듣는 사람과의 교감이 이루어진다면, 그래서 마침내 그가 우리 내부에 막연하게나마 잠재해 있던 이해하고자 하는 욕구를 불러일으키고 글쓰기의 필요성을 인지시킬 수 있다면, 책은 모든 사람에게 활짝 열릴 것이고 독서와 담을 쌓고 지내던 이들도 그를 따라 독서의 세계에 빠져들 것이다.

10
읽고 나서 아무 말도 하지 않을 권리

인간은 살아 있기 때문에 집을 짓는다. 그러나 죽을 것을 알고 있기에 글을 쓴다. 인간은 무리 짓는 습성이 있기에 모여서 산다. 그러나 혼자라는 것을 알기 때문에 책을 읽는다. 독서는 인간에게 동반자가 되어준다. 하지만 그 자리는 다른 어떤 것을 대신하는 자리도, 그 무엇으로 대신할 수 있는 자리도 아니다. 독서는 인간의 운명에 대하여 어떠한 명쾌한 설명도 제시하지 않는다. 다만 삶과 인간 사이에 촘촘한 그물망 하나를 은밀히 공모하여 얽어놓을 뿐이다. 그 작고 은밀한 얼개는 삶의 비극적인 부조리를 드러내면서도 살아간다는 것의 역설적인 행복을 말해준다. 그러므로 우리가 책을 읽는 이유도 우리가 살아가는 이유만큼이나 불가사의하다. 그러니 아무도 우리에게 책과의 내밀한 관계에 대해 보고서를 요구할 권리는 없다.

자주는 아니었지만 어쩌다 나에게 읽을거리를 건네주곤 하던 어른들은 늘 자신의 권위보다는 책을 앞세웠으며, 내가 이해한 것을 군이 시시콜콜 캐물으려 하지 않았다. 물론

무엇을 어떻게 읽든   225

나는 바로 그분들에게 독서에 대한 이야기를 한 것이다. 살아 계시건 돌아가셨건 간에 그분들에게 이 책을 바친다.

소설은 그냥 소설로

흔히들 작가에게 왜 글을 쓰냐고 묻는다. 대부분 잘 모르겠다거나, 쓰지 않고서는 견딜 수 없어서 쓴다는 모호한 대답을 듣는다. 독자 역시 그렇다. 우리는 책을 읽는 이유에 대해서 무어라 딱 부러지게 대답하기 어렵다. 다니엘 페나크의 말대로 이야기에 대한 허기 때문일 수도, 우리가 처한 상황에 대한 저항 때문일 수도 있다. 그러나 가장 큰 이유는 즐거움 때문일 것이다. 책을 읽으면서 누리는 그 작은 즐거움들을 깨알같이 적어놓은 이 책은, 그래서 오늘날에도 여전히 유효하다.

개정판을 내기 위해서 이 책을 다시 읽게 되었다. 거친 번역에 마치 민낯을 들킨 것처럼 부끄러웠다. 그리고 다시 고치고 다듬을 기회를 준 독자들에게 감사함을 느꼈다. 그런데도 수정 작업이 미흡했다면, 그것은 아마 책 읽는 즐거움을 새삼 일깨워준 이 책 탓(?)일 것 같다. 소소하지만 확실한 그 행복들을 다시 찾고 싶은 열망이 맹렬히 솟구쳐서 마음이 다급해졌기 때문이다.

*

　다니엘 페나크는 우리에게 잘 알려진 작가다. 환상적이고 기발한 상상력으로 가득한 그의 작품들은 20년 남짓 교사 생활을 했다는 이력을 무색게 한다. 그래도 열두 살까지는 군인인 아버지를 따라 아프리카·아시아·유럽 각지를 돌아다니며 성장했다고 한다. 게다가 심각할 정도의 열등생이어서 학창 시절도 꽤 파란만장했던가 보다. 그래서인가. 유목민처럼 자유로웠던 성장기와 일반적 기준치를 밑돌았던 청소년기, 그럼에도 교사라는 규범적인 직업…… 전혀 어울릴 것 같지 않은 이러한 배경이, 규범과 자유, 규격과 일탈, 현실과 환상을 자유롭게 넘나들고 중심과 주변의 시각을 절묘하게 아우르며, '문학성과 대중성을 두루 갖춘'이라는 수식이 늘 따라다니는 오늘날의 페나크를 만든 게 아닐까…… 하고 짐작해보지만 불행히도 확인할 길은 없다.

　누보로망 이후로 프랑스 현대 소설에서는 단선적인 서사 구조나 전형적인 인물을 찾아보기 힘들다. 마치 누가 더 독자를 곤혹스럽게 하는지 시합이라도 하고 있는 듯하다. 이야기는 사라지고 언어만이, 개념과 이론만이 난무한다. 그러고는 권한다. "당신은 뭔가 일어나기를 바라지만, 거기에선 아무것도 일어나지 않는다. 왜냐하면 언어에 일어나는 것이 담론에는 일어나지 않기 때문이다…… 그러므로 오늘날의 저자들을 읽기 위해서는…… 게걸스럽게 먹지도 삼키지도 말고, 이리저리 한가롭게 풀을 뜯듯이, 빈틈없이, 이곳저곳을 방황하다가 새롭게 발견하는 것이니…… 요컨대 귀족적인 독자가 되시오"라고. 단선적인 독서, 안이한 책읽기를 질타하는 듯한 롤랑 바르트의 이 말은 독자를 절망케 한다. 귀족이 되고 싶어도 될 수가 없는 평민의 설움을 롤랑 바르트 같은 선민이 알 리가 없다. '깨어 있는 독서' '참여하는 독서' '능동적인 독서'…… 다 좋다. 하지만 우리는 이야기를 '게걸스럽게 삼키는' 평민으로 남고 싶은 것이다. 우리는 이야기가 그립다. 그 옛날 할머니가 들려주는 이야기를 들으며 잠이 들었던 것처럼, 이야기의 마력에 푹 빠져들어 이야기로 위안을 받고 싶다. 그러니 '소설은 그냥 소설로, 소설처럼 읽어라' 하는 기치 아래 인물과 서사를 대폭 재등장시킨 페나크의 작품들이 왜 아니 반갑겠는가.

작가는 이 책을 통해 책읽기란 무엇보다도 바로 그 이야기에 대한 허기를 채우는 일이었다는 사실을 줄기차게 상기시켜준다. 덕분에 오랫동안 잊고 있던 그 사실을 떠올리면서 나는 왜 이렇게 속이 후련한지 모르겠다. 사실 오늘날 독자의 위상이란 귀족이 못 된 평민에만 그치는 것이 아니라, 누가 좋다고 하면 우르르 몰려가 사재기나 해대는 충동 구매자에 지나지 않는다. 그런데 이렇게 우민 취급을 받는 우리 독자들에게 작가가 '아무도 침해할 수 없는 독자의 권리'

를 당당하게 부여해주니 이 얼마나 후련한가. 게다가 안 읽어도 좋다, 아무 책이라도 상관없다, 건너뛰어도 무방하다, 끝까지 읽지 않아도 그만이라는 둥…… 그가 제시하는 '마음 대로 독서법'은 우리를 모든 제약과 구속에서 해방시켜준다.

물론 구속에 길든 우리로서는 이런 무한대의 자유가 어쩐지 불편하긴 하다. 게다가 대입 수능을 눈앞에 둔 아이들에게 어떻게 이런 특권을 선뜻 내어줄 수 있겠는가. 마치 그런 우리 부모의 속내를 훤히 꿰뚫고 있다는 듯, 작가는 읽기의 즐거움을 조금이라도 알고 나면…… 언젠가는 아이들 스스로가 좋은 책 나쁜 책을 선별하는 능력도, 책 속의 길을 찾는 능력도, 심지어 사회가 요구하는 전략을 구사하는 능력까지도…… 아무튼 우리가 아이에게 은근히 혹은 노골적으로 기대하는 능력을 두루 익히게 될 거라는 꽤 신빙성 있는 낙관론까지 펼치고 있다. 책읽기를 작품 해석이나 논술 작성 능력을 연마하기 위한 훈련 과정쯤으로 치부하는 학부모를 수없이 겪어온 교사로서의 노련함이 빛을 발하는 대목이다. 하지만 여기에는 한 가지 전제가 있다. 책읽기는 목적이나 실용을 떠난 무상의 행위일 뿐이라는 것이다. 그러니 부모들이여, 마음을 비워라. 아무것도 바라지 않으면 모든 것을 얻을 수도 있겠지만, 모든 것을 잔뜩 기대했다간 자칫 모든 걸 잃을 판이다.

아이들은 다들 무엇이 되고 싶어 하는, 혹은 무엇이 되어가는 과정들이다. 아니, 어른인 우리도 언제나 나 아닌 다른 무엇이 되는 꿈을 꾸며 살아간다. 책은 그런 우리의 꿈을 은밀히 부추기고 공모하는 동반자 역할을 해줄 따름이다. 그러니 어떻게 그것을 우격다짐으로 강요할 수 있겠는가. 그래서 '읽다'라는 동사는 '사랑하다'나 '꿈꾸다'처럼 명령형이 먹혀들지 않는다는 것이다. 하지만 그는 책과 담을 쌓은 아이들을 위해서 구체적인 방안 하나를 우리에게 던져준다. 글을 읽을 줄 모르던 어린아이였을 때 그랬듯이 다 큰 아이에게도, '소리 내어 크게' 읽어주라고. 그것이 책읽기에서 얻는 즐거움의 근원이며 시초였다고. 그간 독서 지도에 대한 글을 읽을 때마다 얼마나 답답했던가. 좋은 얘기, 옳은 얘기는 다 나오는데, 눈 씻고 찾아봐도 구체적인 대안이 없을 때의 그 맥 빠짐. 그런데 이제 손쉬운 실천 방안까지 알게 되었으니 얼마나 후련한가.

단, 책 첫머리에 있는 '부디 이 책을 강압적인 교육의 수단으로 삼지는 말아달라'라는 작가의 간곡한 당부의 말을 잊지 말기 바란다. 간결한 문장과 문장 사이를 뚫고 나오는 유희의 정신마저도 나에게는, 자신의 생각을 독자에게 강요하지 않으려는 작가의 사려로 여겨지기 때문이다.

작가 연보

1944   12월 1일 모로코 카사블랑카에서 출생. 본명은 다니엘
        페나키오니Daniel Pennacchioni. 4형제 중 막내로 태어남.

1969   파리 근교 수아송에 있는 중학교에서 교편을 잡음. 이
        후 26여 년간 중·고등학교에서 학생들을 가르침.

1973   집필 활동 시작. 에세이『누구를 위한 군복무인가?*Le
        Service Militaire au Service de Qui?*』출간.

1982   어린이 책『까보 까보슈*Cabot-Caboche*』출간.

1984   어린이 책『늑대의 눈*L'œil du loup*』출간.

1985   '말로센 시리즈'의 첫번째 작품『식인귀의 행복을 위하
        여*Au Bonheur des Ogres*』출간.

1987   '말로센 시리즈'『기병총 요정*La fée Carabine*』출간.

1988   『기병총 요정』으로 미스터리 비평상Prix Mystère de la
        Critique을 수상함.

1989   '말로센 시리즈'『산문팔이 소녀*La Petite Marchande de
        Prose*』출간.

1990   『산문팔이 소녀』로 리브르앵테르 상Prix du Livre Inter을

수상함.

1992 에세이『소설처럼 *Comme un Roman*』출간. 어린이 책 '까
모 시리즈'『까모와 나*Kamo et Moi*』『까모는 어떻게 영
어를 잘하게 되었나?*Kamo: L'agence Babel*』『까모의 탈출
L'Évasion de Kamo』출간.

1993 '까모 시리즈'『까모, 세기의 아이디어*Kamo, l'idée du Siècle*』
출간.

1995 교직에서 물러나 집필 활동에 전념.
'말로센 시리즈'『말로센 말로센*Monsieur Malaussène*』출
간.

1996 '말로센 시리즈'『기독교인과 회교도인*Des Chrétiens et des
Maures*』출간.

1997 소설『마법의 숙제*Messieurs les Enfants*』출간.

1999 '말로센 시리즈'『정열의 열매들*Aux Fruits de la Passion*』출
간으로 완간.

2002 이탈리아 그린차네 카보우르 상Grinzane Cavour Prize을
수상함.

2003 자전적 소설『독재자와 해먹*Le Dictateur et le Hamac*』출간.

2006 자전적 에세이『학교의 슬픔*Chagrin d'école*』출간.

2007 『학교의 슬픔』으로 르노도 상Prix Renaudot을 수상함.

2012 소설『몸의 일기*Journal d'un Corps*』출간.

2013 이탈리아 볼로냐 대학에서 교육학 명예 학위를 받음.

2016   프랑스 브리브 도서전Foire du Livre de Brive 회장으로 선
출됨.